鯉のはなシアター

桝本壮志

目次

002

一回裏　東京から帰ってきた女　005

【徳澤颯吾の手記より】1　被爆者からあこがれのカープ選手になった市民　015

二回裏　025

【徳澤颯吾の手記より】2　球史に消えた名もなき市民たち　047
其の一、八人の侍
其の二、たる募金

三回裏　061

【徳澤颯吾の手記より】3　球団グッズ第一号に眠る秘史　083

四回裏　093

【徳澤颯吾の手記より】4　ヒロシマにプロ野球あり！　海を越えたカープ魂　111

五回裏　123

【徳澤颯吾の手記より】5 カープとヒロシマを撮り続けた男たち 137
六回裏 145
【徳澤颯吾の手記より】6 鯉を支えた強き広島女たち 155
其の一、カープに人生を捧げた育ての母
其の二、東京でカープの優勝を一心に信じた女
七回裏 169
【徳澤颯吾の手記より】7 カープの未来のために身代わりになった男 187
八回裏 195
【徳澤颯吾の手記より】8 サッカー日本代表から赤ヘルの生みの親になった男 219
九回裏 231
延長戦 249

一回裏　東京から帰ってきた女

「まだこんな所にいやがった……」

新幹線の乗車券にしがみつくように財布から出てきた映画の半券。奥崎愛未《おくさきあいみ》はそれをつまみ出すと、降り立ったホームのゴミ箱へと歩いたが、そこにもアイツは口を開けて待っていた。

「アイツと映画に行ったとき『ビン・カン』の印字の横に〝な俺〟って落書きを見つけてさ、せっかくの恋愛映画なのに〝敏感な俺〟の秀逸さに吹き出し続けたっけなぁ……はぁ」

東京とアイツに背を向けて帰郷した広島。それでも顔を覗かせてくるアイツ、いや元カレを絶ち切れずにいる自分へのイライラが、改装中の広島駅の仮舗道でガタガタ騒ぐキャリーバッグと共鳴して倍がけで煩《わずら》わしくなった。

重苦しい荷物と重苦しい女を乗せた路面電車、通称『広電』は、軽やかな春風を纏《まと》う車列の間を縫うように市の中心部へと滑る。目抜き通りの景色さえ、愛未にとってはは東京と比べるまでもなく田舎で、この街の四隅《よすみ》を知り尽くし「東京で働こう」

と決めたあの十九歳の決断だけは、今でも間違いではなかったと胸を撫で下ろした。同棲解消前のアイツの夜くらい物足りない街並みから目を逸らし、車内広告に目を向けるが、そこにも『もみじ饅頭』『お好み焼き』『宮島』、教室の時間割りの国・数・英くらい体に染み込んだラインナップが居並ぶ。そして、小さな『ピジョン座』の広告が視界に飛び込んだとき、彼女は再び物足りない車窓に目を逃がした。

「次は、原爆ドーム前、原爆ドーム前……」

そのアナウンスに、思わず自分の背筋がピンと伸びるのを感じた。広島市のど真ん中に佇《たたず》む世界文化遺産・原爆ドーム。多くの広島市民がそうであるように愛未も幼少期から幾度も足を運び平和を祈った。そして、多くの市民がそうであるように実家の仏間には原子爆弾によって命を奪われた親族の遺影があった。

「久々に行ってみようかな」

ホームからわずか横断歩道を一つ隔てた場所にあるドームへ、無邪気に『自撮り棒』

を振り回す外国人観光客らに揉まれながら歩く。

「この人ら、広島って街をどれだけ理解しとるんじゃろう？」

自撮り棒を掻《か》い潜《くぐ》りながら、にわかに四年間錆《さ》びついていた地元のプライドと広島弁が噴き出した。

１９４５年（昭和20）８月６日８時15分――。アメリカの爆撃機Ｂ29によって投下された人類初の原子爆弾は、このドームのほぼ真上で炸裂し、子供からお年寄りまで約十四万もの人々がその年のうちに亡くなった。それは広島人として、この街の四隅を知り尽くした愛末にとって当然の常識だ。

「テーマパークじゃなくて平和公園なんじゃやけどねぇ……」

負の世界遺産を支える重々しい赤銅色《しゃくどういろ》の鉄骨と、その隙間《すきま》から見えるあまりにも澄んだ空色が、自分たち広島人と観光客の温度差に思えた。

どれくらいの間、眺めていただろう。地上に目線を戻したのは、その声のせいだった。

「じゃ、資料用にレコーダーを回させていただきますね」

何かの取材だろうか？　いつの間にか、年老いたおじいさんと三十歳前後と思しき茶髪の男性が、傍《そば》でインタビューらしき問答を始めていた。

「小さくてかわいいおじいちゃんだなぁ」

162センチの自分とほぼ同じ背丈、それくらいしか気にはならなかった。なにせ四時間半前までいた東京では、街頭インタビューやテレビロケなんてありふれた光景で、ここ数週間は元カレの姿よりもロケ現場を多く見たぐらいなのだ。

「さ、久々に実家のお風呂で、脚を目いっぱい伸ばそっと」

キャリーバッグに手を伸ばしたそのとき、まるで誰かが自撮り棒で頭を殴ったのかと思うほどの衝撃を受けた。

「それで、被爆されて大やけどを負ったと?」

「ええ、私は奇跡的に一命を取り留めましたが、周りにいた友達は跡形もなく吹き飛んでいました。そのときに着ていた血染めの学生服は、今も原爆資料館に所蔵されとるんですよ」

「そんなアナタが、カープに入団し、初の被爆者プロ野球選手になるわけですね」

ちょっと待って……。原爆のことは小学生の頃から何度も何度も学習した。被爆した親族から何度も何度も当時の話も聞いた。けれど、被爆者の中にプロ野球選手になった人がいたなんて一行も書かれていなければ聞いたこともなかったのだ。ましてや、こんな小さなおじいさんが……？

「ありがとうございました。では比治山《ひじやま》に移動して続きを聞かせてください」

インタビュアーの男がＲＥＣボタンにかけたその手を、気づけばつかんでいた。

「す、すみません、今の話ってウソですよね……？」

怪訝《けげん》な表情を浮かべつつ、やたら目力の強い男は言った。

「いや、実話に基づくインタビューだが？」

「でも、被爆者の方がプロ野球選手になったなんて、聞いたことが……」

「うん、僕も最初は知らなかったよ。被爆者の中に、この原岡《はらおか》さんのようにカープの選手になった方がいたことも、あの路面電車が、生きる希望をなくした市民を勇気づけようと、原爆投下のわずか三日後に走ったこともね」

原爆の三日後に街に電車が走った？　愛未は思わず今しがた乗ってきた広電の方角を振り返った。そして、何かスイッチでも入ったように、さらに眼光と語気を強める男の言葉に食い入った。

「この街は、原爆で一瞬にして人も文化も消失した。だから、せめて僕らは〝言葉〟で文化を現存させる義務がある。だって、原爆がなければ広島が日本の首都だった頃の議事堂なんかも残っていただろうからね」

ちょ、ちょっと待って。広島が日本の首都だった？　一体この眼力男は何を言っているのか？

「お嬢ちゃんもあれかい？　流行りのカープ女子かの？」

被爆者からプロ野球選手になったという原岡がニコニコしながら会話に参じた。

「そ、そりゃあね、生まれも育ちも広島じゃけえ……」

嘘《うそ》ではなかった。東京の職場では広島出身というだけで、上司に『カープ女子』と呼ばれていたし、球場でスクワット応援だって、ジェット風船だって、それなりに経験してきた女なのだ。

「カープの熱い応援は球界随一じゃけど、最初に応援団を結成してくれたのも電車を走らせてくれた広電の社員さんたちじゃったのう」

「その初代応援団の方々は、九十歳をこえた今でもマツダスタジアムに足を運び、熱い応援をする市民の姿を眺めていらっしゃるそうですよ」

「ほう！　そりゃあ、ありがたい話じゃのう。アンタら若いもんで、どうか語り継いでくださいや。今では見ることができん歴史的建造物のことも、原爆で七十五年間、人も住めなければ草木も生えないと言われた街に、たった五年で誕生した広島カープのことものう」

あのカープが原爆のわずか五年後に生まれた……？

何もかも知り尽くし〝退屈な田舎〟だと飛び出した広島。しかし、この二人が語る私のふるさとは、何一つ知らない話じゃないか……。

愛未の頭を殴り続けた自撮り棒はもうポッキリと折れていた。気づけば、キャリーバッグという過去からも随分離れた場所にいた。広電のホームに向かう二人の背中を見つめながら、彼女は、その奥に広がる街並みが一変しているのを感じた。

「だけど……あの眼力男は一体何者なんだろう？」

それが、今から二年前。奥崎愛未と徳澤颯吾《とくざわそうご》の最初の出会いであり、二人の赤き日々の始まりでもあった。

■徳澤颯吾の手記より■

1　被爆者からあこがれのカープ選手になった市民

負の遺産・原爆ドームへ向かう参門のようにも見える、あの忌まわしい日の記憶をとどめた原爆資料館。そこに所蔵されている〝血染めの学生服〟を着ていた被爆者が、のちに広島東洋カープに入団し、被爆者第一号のプロ野球選手になったこと。そして、平和を願う一人の市民として、現在も広島とカープを愛していることは、今ではあまり知られていない。

彼の名は原岡高志《はらおかたかし》。１９３２年（昭和７）日清・日露戦争で重要な軍用港として活躍した宇品港が『広島港』と改称し、より軍都の香りが濃くなった広島の街に生まれた。

高志が九歳のときに太平洋戦争が勃発《ぼっぱつ》。日本の戦況が苦しくなるにつれ、周囲の男たちが戦地に赴《おもむ》き始め、十三歳になった頃には、高志も学徒隊として勤労奉仕に汗を流す日々を送っていた。

そして、あの日を迎える……。

1945年（昭和20）8月6日午前8時——。

その朝、高志はいつものように勤労先の工場へ向かう学生たちの集合場所、現在の比治山本町にいた。普段であれば八時に一堂が会し、広電に乗って出発するのだが、その日は、警戒警報が発令され路面電車などの交通機関が一時ストップ。彼らは遅れてくる学生をその場で待つこととなった。

朝だというのにうだるような暑さ。雲一つない空を仰ぐと、まるで大海原を翔《かけ》る鳥のような気分になり、高志はそこへ寝ころんだ。周囲の友達の声も忘れる、何処《どこ》までも続く蒼の世界……。と……なぜか高志は、ふと横を向きたくなり、市の中心部の方角に背を向けた。まさに、そのときだった……ピカッという鋭い閃光。そして酷烈《こくれつ》な爆音と爆風が背後から襲いかかった。

8時15分――。広島の街は一瞬で壊滅。高志の背中も一瞬で熱線に焼かれた。

現在、八十三歳になった原岡は、被爆した比治山本町を訪れ、感慨深げにあの日のことを振り返った。

「とにかく熱くて、このまま焼け死ぬんじゃないかと思ったね。もしも工場に行っていたら、作業中は暑いのでシャツ一枚。たとえ、命があったとしても黒焦げになっとったじゃろうね。運よく電車が遅延し、集合場所では上着を着ていたし、横になったことで原爆に背を向けることができた。奇跡的に幾つもの偶然が重なってくれたんです……」

突然、言葉を詰まらせた原岡……。そこには生き残った被爆者こそが抱える苦悩があった。

背中の激痛に耐えながら目を開けると、さっきまでの青空が嘘のような暗闇だった。火柱の明かりでようやく見えるその黒の世界には、爆風で飛ばされたのか、近くにいたはずの友達の姿もなかった。

「とにかく、無我夢中で逃げました。家はすべて倒壊していて〝この下に家族が下敷きになっとるけえ、手伝ってくれ！〟と、何人にも泣きつかれたんですが、ただ、逃げるのに精いっぱいで……。いまだに悪いことをしたなぁ……と、その声は耳に焼きついとるんです。極端に言うと、見過ごしたのは、人の命も大切じゃけど我が命というのを先行しとったということですね……」

背中に大やけどを負いながらも命をつなぎ留めることができた高志。しかし、目を閉じれば、助けることができなかった黒く焼かれてゆく人々の姿。目を開ければ、家も友達もすべてが奪われた焦土と化した故郷が広がっていた。生き延びてなお、生きる希望を失いかけた高志や広島市民……。が、彼らは〝その音〟に顔を上げた。

それは、原爆投下のわずか三日後に、焼け野原を走る路面電車の姿だった。

「失意に沈む市民らを少しでも勇気づけたい」「街は焼かれてもワシらの郷土愛までは焼き尽くせんのじゃ」と、生き延びた広電社員らは、己の生死を顧みずに行動を起こし、復旧資材や技術者も乏しい中、奇跡の運行再開をやってのけた。その電車の雄姿を見た人々は、一人、また一人と瓦礫《がれき》に手を伸ばし、ふるさとの破片の隙間に未来への光を見出していった。

高志もその一人だった。彼が見出した光は〝野球〟。終戦の翌年、高校野球が再開されることを知り、十四歳で野球を始めた。皆実高校時代は、運動神経の良さを買われ、サッカー部の助っ人や、陸上部のやり投げの選手として中国大会にも推薦されたが、やはり野球が一番面白かった。折しも当時の広島の街は、原爆投下からわずか五年後に誕生した〝広島カープ結成〟の話題で持ち切りであり、市民らは復興のシンボルを支えんと、すぐさま私設応援団を旗揚げ。その初代団員たちもまた、広電社員らだった。

高志は、そんなカープにあこがれを抱きつつ地元の強豪社会人チームへと進んだ。１６２センチながら天性の運動神経を持ち合わせていた新人は、社会人でも早々と四番・サードの座をつかみ、やがて県内外にその名を轟かせる選手となっていった。

そして入社から二年が過ぎた、１９５３年（昭和28）――。高志にある話が舞い込む。それは、夢にまで見たカープからの入団の誘いだった。実は当時、所属する社会人チームとカープは同じ県営球場で練習をしており、高志の豪快な打棒に、カープ初代監督・石本秀男《いしもとひでお》が目をつけたのだった。

「それまでカープはあこがれに過ぎず、プロになろうとは思ってなかった。じゃけど、あのカープの消滅危機を救った石本監督の話を聞くうちに、自分もそのチームの中で野球をやりたいという気持ちになったんです」

青春の日を懐かしむように、原岡は県営球場のフェンスを指でなぞりながら、当時の記憶をたどった。

翌年、高志はあこがれの広島カープの選手となった。一時は、二軍のホームラン王になるなど将来を嘱望されたが、腰を痛め、思うように野球ができない身体となり、わずか三年で静かにユニフォームを脱いだ。一軍の出場はわずか14試合、21打数1安打、打率0割4分8厘。プロとしては平凡な成績の名もなき選手。しかし、原岡高志のプロ球界入りは紛れもなく一つの奇跡だった。

人類初の原子爆弾が投下され壊滅した広島の街は、七十五年間、草木も生えず、人も住めないと言われたが、緑は芽吹き、人々は力強く街を復興させた。そして、原爆で衣服を焼かれた被爆者の中から、プロ野球選手になってみせる強き広島人も現れた。

それは、あの原爆投下から九年が経った日のことだった。

今……原岡高志は、ふるさと広島で静かな余生を送っている。あの日の記憶をとどめた街を。広電社員らが修復して走らせた、通称『被爆電車』が、今もなお力強く走っている街を。

二回裏

夕日色に染まるキラキラとした元安川《もとやすがわ》のくねりが、まるで鯉のぼりのように見えた。東京・元カレ城から都落ちして一週間。愛未は『広島城』に来ていた。もはや江戸に攻め上がる戦意も復讐心もない。今、胸に宿るのは、無惨にも瓦解《がかい》した、ふるさとへの〝復習心〟だった。

「眼力男の言う通り、かつて広島は臨時の首都だったんだ」

広島城の敷地内にある、建物の基礎部分と敷石だけが残る、ぶっちゃけ大して見応えのない場所。が、確かにここは、明治時代、国の立法・行政・軍事の最高機関が広島市に集積したことから『広島大本営』が置かれ、明治天皇も移り住み、当時の国会にあたる帝国議会も開催。２２５日間ではあるが東京から広島に首都機能が移転したらしい。

「原爆で吹き飛んでさえいなければ、そこそこの名所になっていたのにねぇ」

もう少し案内したそうな案内板から目を逸らし、愛未は市街地の方角の空を仰いだ。

「忘れられた名所か……。ちょっと寄ってみようかなぁ」

人影も建物の影もない迷所を後にしながら、彼女の足は、自分にとって〝一番近い迷所〟へと向いていた。

中国地方一の歓楽街・流川。この眠らない街も、少しばかり足を延ばすと、いい意味で穏やか、愛未に言わせれば鄙《ひな》びた安眠街が見えてくる。辛うじて『白鳥商店街《しろとりしょうてんがい》』と読みとれる錆びついたアーチを抜けると、まるで接戦のオセロのように営業店とシャッターを下ろした店が点在する横丁に、都帰り女のパンプスの乾いた音が虚《むな》しく響いた。

「四年前よりヒドいね、こりゃ白鳥じゃなくて閑古鳥商店街だわ」

かつては白鳥《はくちょう》のように美しかったであろう商店街の団結をにおわせる統一された白壁も、今では「ボヤでもあったのか？」と思うほど煤《すす》けており、その中でもひと際佇まいは立派だが、ひと際煤けている、もはや白鳥というより焼き鳥に見えるテラコッタ建築の洋館が、目指して来た迷所『ピジョン座』であった。

「アニメとヤクザ映画の二本立て？　どんだけ迷走してんのよ……おじいちゃん」

上映ポスターの下に堂々と書かれた〝入れ替えなし！〟の文字を一瞥《いちべつ》すると、愛未は少女時代のように、その洋館を仰望《ぎょうぼう》した。

戦後、焼け野原となった広島に「笑顔を取り戻したい」なんぞと、ひいおじいちゃんが私財を投げ打って建てた映画館。その後、映画は大衆娯楽の頂点を極め、ピジョン座のような街の映画館、いわゆるミニシアターは、この辺りだけでも四館、ピーク時には、市の中心部だけでも五十館以上はあったという。が、口の中に広がる香ばしいポップコーンが、やがて、ゴリッという黒い塊にたどり着くように、時代の移ろいと共に映画人口は減少。愛未が生まれた九十年代には、ショッピングセンターなどの商業施設に入居する複合型映画館『シネコン』の登場で、経営はさらに苦しくなった。しかし、二代目を継いだ祖父は、家族に反対されてもかたくなに閉館を拒み、今では独りでここへ住み込んで上映を続けている、良く言えば根っからの映画好き、常識で言えばただの頑固じいさんであった。

「人生初のデートも、ここに来たんだっけなぁ」

広島が首都だったことは知らなかったが、かつて多くの広島人に愛された忘れられた名所を知っている自分がちょっと誇らしかったし、この先のビジョンさえ見えぬピジョン座ではあるが、東京の職場を放棄した都落ち女にとって、一つの職を全うしてきた頑固じいさんの生きざまも、今では尊敬に値した。

「おじいちゃん、ビックリするだろうな」

四年振りに現れた愛孫を、どんな顔で見るのだろう？　愛未はニヤケ顔で、古びたロビーの扉に最新のネイルが施された手をかけたが、閑古鳥商店街に似つかわしくない館内の騒がしさに、その指を止めた。

「なによ？　借金取り……？」

恐る恐る扉を開けると、さらにたじろいだ。数名の男たちに囲まれた祖父が、まるで救世主を見るような目でこちらを向いていたのだ。

「誰なぁ!?」

長身のパーマ頭の男が振り返る。

「孫じゃ、孫の愛未じゃわ。久しぶりじゃのう〜、今日はどうしたんじゃ？」

こっちが聞きたい。アナタこそどうした？　七十歳を超えた老人が、仮にも平和の象徴である〝ハト〟の名前がついた映画館の中で何故《なにゆえ》に取り囲まれている？

「お孫さんなら、君からも言うてくれや！」

長靴を履いた男が、今度は愛未に詰め寄ってきた。

「言うって？　ウチにはさっぱり……」

まるでハトにパン屑《くず》を撒《ま》いたみたいに一瞬にして男たちが群がる。

「じいさんが、映画館を閉めるって言い出したんじゃ！」

角刈り頭に花柄のエプロンをつけた男が声を荒げる。

「ここがなくなったらワシらはどうすりゃあええ？」

「ここはワシらの青春！　商店街のシンボルじゃけえの！」

調理服のぽっちゃり、パン屋らしき男も続く。

「ボクもヤダ！　ずっとピジョン座で遊びたい！」

よく見ると小学生くらいの男の子もいる。どうやら彼らは、同じ商店街の面々のようだ。

「ここを閉める……って、本気で？　あんなに拒否ってたのに？」

シネコンの登場後、経営難に陥った祖父を見兼ね、長男でもある愛未の父親は広島市内の自宅に呼び寄せた。家族の誰もが「じきにやめてくれるだろう」と思っていたが、祖父は毎日ピジョン座に通い続け、赤字経営を続けた。「これ以上続けるなら、この家からも出て行ってほしい」と、息子に言われたあの日……。それでも、背筋をピンと伸ばし出て行った祖父の後ろ姿がピンボケしていった……。

「仕方ないんじゃ愛未、あらゆる策は尽くしたんじゃが、これが街の映画館の限界なんじゃ」

「街の映画館の……限界？」

「分かった。みな話すけえ、お前さんらも、よう聞いてくれや」

自分と同じくらい古ぼけたロビーのソファに腰を下ろすと、丸まった背中をさらに丸めながら、奥崎老人は弱々しい歯の間から言葉を絞り出し始めた。

「ワシら個人経営の小さな映画館はのう、大手映画配給チェーンに属さず、なんの後ろ盾もない中で、時代に合わせて高額な映写機やスピーカーを、借金を重ねながら買い替えてきたんよ。じゃがのう、ここ数年でフィルムの時代は終わり、配給会社からの作品はすべてデジタルになった。デジタル用の映写機を導入せんと映画は流せん時代になったんじゃ……。松島《まつしま》さん、ウチに何度か取材に来とった元新聞社のアンタなら少しは分かるじゃろう?」

奥崎老が首を向けた、ロビーの奥に広がるシアターの客席から、七人目の男がゆっくりと現れた。

「あのデジタル・シネマ・パッケージ問題じゃね」

暗がりから浮かび出る、きちんと整髪された頭にラウンド髭。おそらく愛未の父親と同世代であろうがロイドメガネが洒落《しゃれ》ている。愛未は一瞬、聡明さを感じたが、やがてお目見えした『来春軒』とプリントされたTシャツと、にわかに立ち込める豚骨スープ臭で、彼もまた商店街の一員だと悟った。

「テレビが地上デジタルに移行したとき、アナログテレビが一斉に粗大ゴミに並んだじゃろ。あれと同じように、映画界にも、ここ二・三年でデジタルの波が押し寄せたんよ」

小学生が露骨に鼻をつまむが、豚骨男は気にせず続ける。

「ワシらが映画館で観とる作品は、これまで35ミリをはじめとするフィルム映写機で上映されてきたが、今じゃそれが水の泡、無用の長物なんよ。じいさんの言う通り、映画界はアナログであるフィルムから、ほぼすべての作品をデジタル、つまりデータファイルで配給することを決定し、そのデジタル作品を上映するためには専用の映写機が必要になった。じゃけど、ただでさえ客が少なく経営難のミニシアターじゃあ、新しい映写機など買えるわけがないんじゃ」

35ミリとかは1ミリも分からない。が、愛未がもっと分からないのは、勝手に配給の仕方を変えたのなら、それなりの助成金や補助金なんてのが、出て当然じゃないのか？　という疑問符だった。

「でもさ、何かしら手は差し伸べてくれるんでしょ？」

「それが全くない。業界はまるで〝金のないやつは映画館などやるな〟と言わんばかり。ワシに言わせると完全に〝弱い者いじめ〟よ」

「……そのデジタルの映写機って、幾らするんですか？」

「多分、最低でも700万くらいはかかる」

「な、700万⁉　そんなのウチのおじいちゃんが払えるわけないよ！」

「そう、だからここ数年で、貴重な大衆文化財でもある、街の映画館やミニシアターが、日本全国で相次いで閉館に追い込まれとる。田舎だけじゃない、渋谷、新宿、銀座でも姿を消しとるほどの非常事態なんよ」

「松島さんの言う通りじゃや。これで終わり、全部終わり。ちょうどええ、ピジョン座は六十五年で歴史の幕を下ろすんじゃ……」

のちに、愛未は知ることになる。豚骨男・松島の言った通り、日本にシネコンが登場してから二十年の間に、全国に１４００館あった映画館のうち約８００が閉館。特にデジタル映写機へと移行した２０１０年以降は閉館ラッシュで、その中には大手映画会社の網では掬《すく》えないヨーロッパ系の秀作を日本に紹介してきた〝ミニシアターの本丸〟と呼ばれた渋谷の名物シアターや、百二十年の歴史を誇った日本一の老舗映画館の名前もあった。そして、その連鎖は今も続いているのである……。

愛未は、ただ立ち尽くすしかなかった。何もかも知り尽くしたと思っていた故郷で、まさか身内がこんな境遇に追い込まれ、それさえも知らずにいたなんて……。

「でもさ、おじいちゃん、きっと何か策があるはずだよ！」

言ってはみたが、何も答えはなかった。

「そうじゃじいさん、ワシらにできることがあれば何でもするで？　あきらめちゃあいけん！」

うつむいた奥崎老の小さな視界にエプロン姿の男が角刈り頭を突っ込む。

「ここは広島の歴史そのもの、広島人みんなの宝なんじゃ！　絶対に潰《つぶ》しちゃあいけん！」

エプロン男は言葉を続けようとしたが、小刻みに震え始めた奥崎老の肩を見て、ぐっと、それをのみ込んだ。


「そこまでして残したいなら、広島カープを見習ったらどうです？」

あまりにも間の抜けた不意打ちに、一同が顔を見合わせた。

「お前、どこから入ってきたんじゃ!?」

豚骨男・松島が、自分の背後、客席側を向き直って驚いた。

「やだなぁ、客ですよ客。ほら二本立てでしょ？　ヤクザ映画の途中で寝ちゃったんです。本命はアニメの方だったんでねぇ」

愛未は、うす墨の闇から現れたその男の顔、いや〝眼〟に気づいてハッとした。

「眼力男！　いや……この前の……」

声の主は一週間前に原爆ドームで会った、あの物知り男だった。

「あら？　その節はどうも。広島っぽくないムチムチなファッションだった無知な君かぁ」

あのときの熱い語りとは違う豚骨臭を超えるチャラ臭さにイラっとしたが、こちらも〝眼力男〟と言った手前、バツが悪かった。

「眼力男とは言われたことはないんですが……」

しかもバッチリ聞かれていた。

「今はさしずめ聴力男ですかねぇ。全部、聞かせてもらいましたから、皆さんの話」

「お前には関係ない！」

エプロン男が吐き捨てる。

「あれ？　アナタさっき〝ここは広島人みんなの宝〟って言っていませんでした？　ならば広島人の僕にも関係ありますよねぇ？」

気まずそうにエプロンの肩ひもがダルンと垂れるのを見ながら、眼力男は続けた。

「この映画館のように、カープも街のシンボルでした。そして球団結成当時は、やはり経営難でしたし、潤沢な資金を持つ新聞社、鉄道、そして映画会社らのオーナーが幅を利かすプロ野球機構から〝弱い者いじめ〟を受けていました。〝プロ野球は金のない者がやるものじゃない！〟〝早く身売りしろ！〟ってねぇ」

映画会社が、読売ジャイアンツやソフトバンクみたいにプロ野球の親会社だった時代が……？　しかもカープがいじめを受けていた……？　愛未はまたも知らない〝広島史〟に心を揺さぶられつつ、みるみる目力を強めていく男に〝あの帰郷した日〟を重ねた。

「だけど、カープは今日まで生き延びました。それを可能にしたのは、原爆で何もかもを失っても、〝カープだけは消滅させたらいけん！〟と支え続けた市民たち。

そう、カープは広島の人々によって生き永《なが》らえ、広島人は最弱小チームから這い上がるカープの姿を見て復興を遂げてきた歴史がある。元新聞社の松島さん、アナタなら少しは分かりますよねぇ？」

鼻につく祖父の物まねに対し、鼻をつく豚骨臭の松島が答える。

「ワシじゃなくても、それくらいは広島人ならみんな知っとる。だからカープは〝唯一の市民球団〟と言われとるんじゃ」

「なら話は早い。ここにくる途中に拝見しましたが、どうやら皆さんの商店街も経営が苦しい。ならばこの映画館を復興のシンボルにして、商店街も復興させたらどうです？　僕には、お姉さんを含めた八人、この消滅しかけの県民の宝に押し掛けてきた皆さんが、八人の侍《さむらい》にも見えるんですがねぇ」

「八人の侍……って？」

またも初耳ワードのお出ましに愛未は食いついた。

「カープが消滅しかけたとき、いち早く行動を起こし、窮地《きゅうち》を救う発端となった名もなき市民のことだよ」

それはやはり、一度も耳にしたことのない郷土史だった。

「歴史は繰り返す。そして、先人の知恵は現代の知恵でもある。皆さんの想いが本物でさえあれば、僕はきっと第二のカープになれると思いますよ？　今このピジョン座を潰せば、広島に二度とこのような郷土映画館の姿を見ることはないでしょうしねぇ」

何一つアイデアもないくせに「きっと策はある」なんて言った愛未にとって、その言葉はうれしかった。しかし、このときはまだ、得体の知れぬこの男の扇動に乗るのは早計《そうけい》だと感じていた。

「アナタ、本気で言っているの？」

「アナタでも眼力男でもない、僕には徳澤颯吾って名前がある。そして、かなり本気のつもりだが？」

さらに鋭さを増した眼光に愛未はドキリとした。

「徳澤さんとやら、もしも仮に、カープを手本にするとしたら、ワシはまず何をしたらええかの?」

「お、おじいちゃん……?」

祖父のその言葉と真っすぐな眼差《まなざ》しにも驚いた。そしてやはり祖父は、誰よりもピジョン座の歴史のフィルムを止めたくはないのだとも感じた。

「二つあります。一つは、早く二本目のアニメを流してほしい。もう一つは、これからアナタは頑固なプライドを捨て、市民に頭を下げる人になってください」

「そ、それだけでええんじゃろか?」

徳澤なる男はなおも続けた。

「で、そこの花柄のエプロンさん」

「米川《よねかわ》だ!」

「失礼、米川さん。アナタはもちろん『たる募金』は知っていますよね?」

「もちろん、市民がカープのためにカンパを入れた、たるの募金箱だ」

「そうです。その『たる募金』をアナタが中心になって設置してください」

「わ、ワシが？　こんな寂れた商店街に募金箱を置いたって、何の足しにもならんじゃろ？」

「で、そこのパン屋さん」

「石垣《いしがき》じゃ！」

「石垣さんをリーダーに、この映画館の興行チラシを作り、やはり頭を下げて主要な商業施設に貼ってください」

「ちょっと待て、なぜワシらがチラシなんて貼るんよ？」

「じゃあ、ＳＮＳでこの窮地を拡散してもいいですよ？」

「エスエヌエス……？」

徳澤はあきれ顔でせせら笑った。

「さ《S》ては何《N》も知《S》らないオジサンたち。略してＳＮＳですね」

「バカにするな！　三十代もおる！　ワシは知っとるで！」

長身のパーマ男が髪の毛を振り乱して詰め寄った。愛未も乗じようと息を吸い込んだが、その吸気ごと丸め込まれた。

「まあまあ落ち着いて！　僕は、まず身の丈にあった努力からしましょうと言っているんです。口先や携帯を使った指先ではなく、まずは本気になって行動に移す！　すべてはそこからです！」

一段と語気を荒げた徳澤に、ロビーの豚骨風味の空気は張り詰めた。

「それに、皆さんは何も知らないんですねぇ。誰が『たる募金』を商店街だけに置けと言いました？　『たる募金』は球場だけでなく県内の至る所に設置されていましたし、あまり知られていませんが、たるを置こうと発案したのはカープ球団ではなく、実は市民なんです。さらに当時の市民は、少しでも球場の観客を増やそうと、街に主催ゲームの宣伝チラシを貼り、他球団からは〝プロ球団なのに、そこまで金がないんか？〟とバカにされ続けましたが、彼らは耐え続けた。アナタ方がさっき言っていた〝何でもする〟とは、それくらいの覚悟があってのことじゃないんですか？」

もう誰も反論はしなかった。いやできなかった。米川のエプロンは両肩のひもがダルンと垂れ、もはやパレオのようになっていた。愛未は、いつの間にかピンとさせている祖父の背中と、徐々に頬《ほお》を紅潮させていく商店街の面々を見ながら、自分の頭の中で微かなフィルムの音が鳴り始めるのを感じた。

すっかり夜が訪れた白鳥商店街。月明かりに照らされたピジョン座の小さな窓には、〝八人の侍〟というフレーズに感化されたのか、小さな男の子がチャンバラごっこをする影が揺れていた。

■徳澤颯吾の手記より■2

球史に消えた名もなき市民たち

【其の一、八人の侍】

人は誰しも瞼《まぶた》の奥に、人生〝最良の日〟と〝最悪の日〟を持つ。広島カープが歩んできた約七十年が〝人生〟だとすれば、最良の日は、悲願の球団初優勝を成し遂げた1975年（昭和50）10月15日であろうし、最悪の日は、紛れもなく球団消滅が下された1951年（昭和26）3月14日。その日だったに違いない。

原爆で焦土と化した広島に、復興のシンボルとして生まれたカープ。しかし、市民らの〝その光〟は、誕生一年目から暗転した。当時、お隣の山口県下関市に本拠地を構えた『大洋（現・横浜DeNAベイスターズ）』が、6000万円（現在にして約4億9000万円）で新球団を創ったのに対し、800万円（現在にして約6500万円）の資金で生まれたカープは選手層もお寒く、初年度は首位と59ゲーム差のダントツの最下位。さらに資金難にあえぎ、いまだセ・リーグ連盟への加盟金３００万円も払えず、次第に選手らの給料も遅配。挙げ句の果てには、二軍の選手とコーチを全員解雇せねばならないほど経営状態は深刻を極めた。

そんなカープの惨状を見た連盟では「カープを解散させるべきだ」という案が持ち上がった。

そして１９５１年３月——。

ついに連盟は球団幹部を呼び出し「プロ野球は、金のない者がやるものじゃない」「大それたことはせんと身売りしたらどうか？」と解散を迫り、同月十六日に、甲子園で開催されるトーナメント大会の日を〝結論〟の期限とした。

「たった一年の命でカープは終わってしまうのか……」球団幹部らは一縷《いちる》の望みをかけて資金調達に奔走したが、原爆で社屋も工場も失っていた地元企業に、カープを救えるだけの体力はなかった。

期限の三日前。万策が尽きた幹部たちは〝解散〟を決定。ついにカープは〝消滅〟の二文字へ向かうその日を迎える。午後七時。ラジオニュースによって「カープは解散し、大洋へ吸収合併される動きがある」と報じられた。それを合宿所で聴いていた選手らは、悲憤《ひふん》し、男泣きに暮れた。誰もが皆、カープ存続を願う熱い涙だった。そして一人の選手が叫んだ。「ゼニ（遠征費）がなくても試合に行こう！」ナインらは続いた。「歩いて甲子園まで行こう！」と。それは、給料遅配に耐え、質屋通いをしながらも、大好きな野球にかけてきた男たちの、せめても連盟への抵抗であった。

そんな選手たちの想いを胸に、時の監督・石本秀男は、解散に向けた最後の話し合いがもたれている現在の中区幟町にあった『天城旅館《あまぎりょかん》』へと向かった。

「なんじゃ、この騒ぎは……」

旅館へたどり着いた石本は胸を熱くさせた。ニュースを聞きつけた約二千人もの市民が、旅館を取り囲み「ワシらのカープをなくさんでくれ！」「あきらめるな！」などと声を荒げ、幹部たちを踏みとどまらせようとしていたのだ。

旅館の群衆だけでなく〝解散〟の報を知った市民たちは、さまざまな行動に出た。中でも広島の街で自然発生的に〝八人組〟となった、見知らぬ者同士だが同じカープ愛を宿す男たちの行動は目まぐるしかった。八人の男は〝必勝広島カープ〟と書かれたバットや、選手らのサインを携え、県庁、市役所、商工会議所といった県の主要施設や企業に押しかけカープへの支援を嘆願。そのあまりにも鬼気迫る迫力に、最初は誰もが戦いたが、彼らの魂揺さぶる訴えに「カープは、市民にそこまで愛されているのか……」と感激し、直《ただ》ちにその夜「カープを支援しようじゃないか」と緊急会議を開く企業も現れ、その中には、一度は支援を断念した社屋を焼かれた人々もいた。

一方、天城旅館の役員会では、一度は〝解散〟が確認されていた。しかし、旅館を取り囲む市民らの声に後押しされるように石本監督は言い放った。

「解散だけはやめて、すべては私に任せてくれんじゃろうか」

石本は、悔し涙を流した選手らの顔を思い浮かべながら熱弁を振るった。

「外を見てください。親会社を持たなくてもワシらには市民がついとります。後援会を作りましょう！　この声がある限り、まだあらゆる手を尽くしてみる価値はあるはずです！」

「こ、後援会……本当にそれで経営が成り立つじゃろうか？」

「広島なら大丈夫です。今、このカープを潰せば、日本に二度とこのような郷土チームの姿を見ることはできんでしょう。プロ野球は、親会社のためにあらず、ファンのためにあり。これは野球界の未来を照らす闘いでもあるんです！」

石本の熱意とひらめき。そして、いまだやむことのない市民らの叫びが、重役たちの決定を土壇場で覆《くつがえ》らせた瞬間だった……。

その後、カープは〝後援会発足のプラン〟を盾に、大洋との吸収合併を回避。その決断に広島中が歓喜し、県民は『カープ後援会』が発足されると、わずか十日で、三千人以上が入会するという行動で応えた。さらに、八人の男たちが押し入った主要施設や企業の人々も、短期間でカープを支援するさまざまなプランを考案。中でも、市民によって発案された『たる募金』は、のちのカープと市民をつなぐ〝絆の象徴〟となるのである。

カープが解散を踏みとどまった翌日。選手らは、球団存続に沸く市民らの喝《かっ》采《さい》を浴びながら、一路、甲子園のトーナメント大会に旅立った。それは、カープが連盟から〝解散期限とされた日〟の、わずか一日前であった。

プロ野球史の影に埋もれた名もなき八人の男たち、通称『八人の侍』。彼らはその後、誰一人として名乗り出ることはなく、広島の街へと消えた。

あれから約七十年……。今も、真っ赤に染まる球場の何処かで、侍の誰かが、鯉たちのプレーに酔いしれ、カープの存続を喜んでいるのかもしれない。

【其の二、たる募金】

「後援会を作りましょう」

石本監督がそう切り出した裏には〝微かな手応え〟があった。あの球団存続が首の皮一枚でつながった夜から、さかのぼること四カ月前。石本はチームの経営悪化に伴い、監督自らが自治体や企業を回り、選手らの生活費を工面するカンパを掻き集め、そろばんを試合中のベンチにまで持ち込んで金策を練っていた。その奔走ぶりは、当時のエース・長谷川亮平《はせがわりょうへい》でさえ「球団結成一年目の石本さんの印象は〝金がない〟と言っていたことだけ」「野球の指導を受けたこともなければ、野球の話をしたことも一度もなかった」と評したほどであった。

そんな石本の姿を見ていたのか、次第に市民の間でカンパの輪が広がり始めた。大人たちはもちろん〝解散危機〟を耳にした九歳の少年でさえも「カープのために使ってください」と、貯め続けていたお小遣いを、すべて石本に手わたした。

現在、七十五歳になった迫谷富男《さこたにとみお》氏は、当時のことを懐かしそうに語った。

「グローブが欲しくて、頑張って貯めたお小遣いでした。でもね、カープが消滅危機だと知って、もうグローブのことは関係なくなったんです。だって、カープにあこがれて、カープに入るために野球をしとったんですから、カープがなくなることだけは、何とかせにゃあいけんと思ったんです」

県民の想いを代弁するかのような迫谷少年の行動。石本は、涙を浮かべながら強くうなずいていたという。

「涙を浮かべながら、本当にうれしそうに受け取られた石本さんの顔は今でも忘れられません。カープの後援会が生まれたのはそのすぐ後です。おそらく石本さんは、私のような子供からお金を受け取ったことで〝カープの解散危機を救うのは、大きな企業じゃなくて市民の力じゃないか〟と気づいたのではないかと思うんです」

プロ野球界という巨大な渦の中で、石本は〝後援会の発足〟と〝募金〟による『親会社を持たぬ市民球団』としてチームを存続させようとした。しかし、当時の球界の親会社といえば、新聞、鉄道、映画会社などの花形企業ばかり。そんな大型企業とわたり合うだけの運営費を県民の力だけで捻出するというのは、傍《はた》から見れば無謀な悪あがきであり「加盟金も払えんチームの最後の茶番だ」「どうせ消えるチームの顛末《てんまつ》を見物してやろう」と、ほくそ笑む連盟関係者もいた。

「意地でも故郷からカープだけは奪わせん……」高みの見物客が増えれば増えるほど、石本はこの無謀な挑戦に燃えた。広島商業の監督として四度の全国制覇、プロ球界でも阪神タイガースをはじめ七つの球団の監督を歴任した〝名声〟はもはや彼には関係なかった。石本を突き動かしていたのは、原爆投下後に目にした故郷の惨状。「野球人生の最後に広島で花を咲かせたい、ぜひ私を使ってください！」と、就任を志願した、あの日の決意、胸に誓った深い郷土愛、ただそれだけだった。

球団存続が決定されると、石本はすぐさま新聞社にかけ合い「私も大いに頑張る。県民も大いに協力してカープを育ててほしい」と、決意表明を載せ、後援会の発足を宣言。試合は、選手兼助監督の白石克己《しらいしかつみ》に任せ、昼間は県内を駆けずりまわり、夜は眠気に襲われながら金の集計を続けて連盟と闘い続けた。

そんな石本に感化されるかのように、市民らは球場の入口に『四斗樽』を置いて、『たる募金』を集めることを発案。教員の初任給が5500円の時代に、一回の『たる募金』で、多いときで10万円を超える身銭が投げ込まれた。やがて『たる募金』は、心を同じくする市民らの手によって県下の至る所に置かれ、通勤中の会社員、赤子を抱いた主婦、パトロール中の警察官、そしてあの迫谷少年ら子供も、お小遣いを投げ入れた。

「カープ存続が決まったときは本当にうれしかったし〝救わにゃいけん〟。ただそれだけでした。はっきり言って、広島人の生活は苦しかった。でもカープは助けにゃいけん。自分の家族も近所の人も皆そうでしたよ」

さらに『たる募金』と同じように、後援会も職場や工場単位で生まれ、私設後援会は県全域に飛び火した。石本は、そんな県民の想いに応えるべく、どんな小さな町内会の集まりにも顔を出し、選手らも、試合が終わると旅一座のごとく県内各地を行脚《あんぎゃ》し、チームの裏話をしたり、慣れない歌を唄っては救済金を呼びかけた。

グラウンド内外で、カープと市民が一体となって戦った球団創設二年目のペナントレース。カープは前年に続き最下位に終わったが、その年の寄付は、わずか十カ月足らずで４５０万円。現在の金額にして３１５０万円にのぼり、カープは長い経営難からついに脱却してみせた。それはペナント最下位の広島カープが、プロ野球界という巨大組織に勝利した瞬間でもあった。

その年の暮れ……。小さな球団事務所の灯《あか》りの下には「ありがたい、ありがたい」と呟きながら、県民から募金された紙幣にアイロンをかける球団幹部らの姿があり、広島の街には、石本が新聞にしたためた「広島カープはよみがえりました。これこそ愛の結晶です」その文に、目頭を熱くさせる県民の姿が街にあふれた。

三回裏

「あ〜何で広島って、風が吹かないのかねぇ」

シースルーのトップスを脱ぎキュロットをたくし上げる二十三歳の女には目も暮れず、石垣はすれ違う見知らぬ買い物客に興奮していた。夏の訪れを感じさせる夕凪の白鳥商店街を、二人はいつものピジョン座へと向かっていた。

「石垣さん、デニッシュいります?」

「あのね愛未ちゃん、パン屋に別のパン屋の商品を勧めるか?」

「だっておいしいんだもん、駅前《ここ》のやつ」

トートバッグの中で波打つ無数のデニッシュ、その荒波を食い止めている防波堤が求人情報誌であることに気づき、石垣は言った。

「東京には戻らず、就職するんか?」

「うん、働いた方がピジョン座の足しになるだろうと思ったけど、何だか今は、イマイチ働く気が起きないんだよねぇ」

四年前、両親の反対を押し切って就職した東京の化粧品メーカー。しかし、都会の希薄な人間関係になじめず、気がつけば社内をうつむいて歩いていた。多分〝アイツ〟の一件がなくても、いつかは退社の道を選んでいたのだろうが……愛未は口に蓋《ふた》をするように早くも二つ目のデニッシュを頬張った。


食欲はあるが職欲はない女がロビーの扉を開ける。

そこには例の面々と、映画館の募金箱らしくポップコーンの容器風のペイントが施されたバケツが四つ並んでいた。

「ご苦労さま、どうだったチラシは?」

ペイントの発案者である長身のパーマ男、美容院を営む杉内《すぎうち》が出迎える。

「駅前の店は、みんな快く貼らせてくれた。ホントありがたいよね」

「ほんまよのう、こっちは一週間で2万7915円にもなった！　ウチの商店街に置いたやつはスズメの涙じゃが、ほら『本通《ほんどお》り』に置いたバケツには1万以上も入っとるんじゃ！」

街頭で募金を呼びかけてきた調理服からスーツ姿になった洋食屋が興奮する。

「じいさん、ピジョン座は大したもんじゃのう。しかも2万7915円の〝79〟と〝15〟は新監督の緒形孝市《おがたこういち》とメジャーから帰ってきた黒川博樹《くろかわひろき》の背番号！　こりゃあ縁起がええでぇ」

同じくスーツ姿で長靴を革靴に履き替えた魚屋も手応えをかみしめた。

「ほんまにもらってもええんじゃろうか……」

申し訳なさそうに投銭を見つめていた奥崎老は、商店街に置かれていた募金箱に手を伸ばすと、今では硬貨ほどの厚さしかない目を、さらに細めて言った。

「うれしいのう。多分、ヨシヒコも入れてくれたんじゃのう」

取り上げた一枚。それは、あの小学生が入れたのであろうオモチャのコインだった。

「小遣いを入れたときに紛れたんじゃろう。ワシらが子供の頃、毎日このピジョン座で遊んだように、ヨシヒコもここが大好きなんよ、じいちゃん」

ロビーを支えるテラゾーの柱に書かれたヨシヒコの落書き。その傍《かたわ》らにある少年時代の自分が書いた薄い文字をなぞりながら、ヨシヒコの父でもある杉内が言った。

「ヨシヒコやワシらだけじゃない。やっぱりピジョン座は広島人に愛されとったわ」

やはり花屋のエプロン姿からスーツ姿になった〝募金リーダー〟にされた米川が、壁一面を覆《おお》う色あせた映画ポスターを眺めながら口を開いた。

「今日も街で、いろんな人に声をかけられたんよ。〝初めて映画を観たのがピジョン座じゃった〟〝親子三代で通った思い出の場所なんです〟〝協力するけえ、いつでも声をかけんさい〟ってのう」

大事そうにオモチャのコインを胸ポケットにしまいながら、奥崎老は黙って聞いていた。

「あるご婦人はのう〝戦後は、映画館に行くこと自体がファッションだったの〟〝映画館に行くときは家族みんなでオシャレをして行ったのよ〟なんて仰《おっしゃ》ってのう。あらためて日本人にとって映画館は〝夢の器〟だった時代があったと再確認したんよ」

名優たちで埋め尽くされた壁に「創業65年のピジョン座を残そう」の一文が躍るチラシを貼りながらパン屋の石垣も続いた。

「たとえ、ピジョン座から足が遠のいたとしても、娯楽の中心が映画館でなくなったとしても、ここで観た映画は、みんなの心の中で思い出と共に流れ続けとる。そういうことじゃろうね」

愛未は、男たちの会話を聞きながら、商店街の白壁がどんなに煤けていようとも、彼らにはまだ、共に壁を塗った時代と変わらない団結心が息づいていると感じた。しかし……大した職欲もない女が求人情報誌を手に取ったのは、そんな彼らの絆に気づき始めたからでもあった。

この人たちにも、守らなければならない店があるし、ヨシヒコ君のような家族もいる。ただでさえ閑古鳥が鳴く商店街なのだ。生活は想像よりも厳しいだろう。ピジョン座のために募金とチラシ配りに明け暮れたこの一週間が、彼らやその家族にどんなシワ寄せを生むのだろう？　かたくなに閉館を拒み、奥崎家の家計を逼迫させた祖父の過去……。「家から出て行ってほしい」と言われたあの日の背中……。やはりこの計画はあまりにも無謀ではないだろうか？　それは昨夜、男たちが帰ったあとに祖父に向けて漏らした言葉でもあった。

「ねえ、今日で集まるのは終わりにしない？」

一同の手が一瞬止まったが、一様に笑い一掃された。その反応は愛未と奥崎老にとってありがたいものだったが、果てしなく先にある〝７００万円〟というゴールテープを思うと、うまくは笑えなかった。

「何でそんな水を差すようなことを言い出すんよ？」

愛未の中途半端な説得に、パン屋の石垣が焼き過ぎたトーストのように顔の半分を真顔にして近づいてきた。

「だ、だって怪しくない？　この計画をたきつけたあの徳澤って人も、あれから顔すら見せないしさぁ……」

咄嗟《とっさ》に口から絞り出したのは、徳澤颯吾への当てつけだった。

「あいつは確かに怪しいなぁ」

「ああ、ワシもそう思う」

徳澤の話題には一同が一瞬で一つになった。

「そういえば、あの男、広島人だとか言いながら広島弁じゃないもんのぅ?」

「確かに、よそ者の可能性があるよな!」

それはある意味、無理もなかった。なにせ徳澤はこの計画を扇動した先週末から一週間も現れていなかったし、祖父いわく、ほんのここ一カ月で突然ピジョン座の客となり、何処に住んでいるのかも、何者なのかさえも、商店街の誰も知らないという抜群のきな臭さが漂い始めていた。

「でもよ、だとしたら何であんなにカープに詳しいんじゃろ?」

「あの茶髪じゃけえ、ただの都会かぶれのチャラい広島人じゃない? 東京に多いんじゃけえ、広島人のくせに〝僕はさ〜〟〝だってさ〜〟を連発し始める、いけすかん男がね」

説得の糸口を手繰《たぐ》り寄せた気がして、愛未も錆びついた広島弁をフル活用して会話に乗じた。

「でもよ、もしも、よそ者だとしたら、気をつけた方がええよの？」

「そうじゃの、ワシらに金を集めさせるだけ集めさせてドロンする、復興金泥棒かもしれん」

「そうか、あいつの狙いは金かもしれんの！」

一同の胸の中で、壁を覆う映画ポスターの一角に、一人の容疑者の手配ポスターが貼られた、そのときだった。

「すっげー、こんなに集まったんじゃ〜！」

気づけば、バケツをのぞき込み感嘆するヨシヒコが、話題の容疑者・徳澤を伴って現れていた。

「随分、集まりましたねぇ～、じゃあ僕も入れておきますねぇ」

徳澤が投げ入れたのは、小バカにしたような古い紙幣だった。

「な、何なのよこれは！」

愛未がもっか復興金ドロから取り上げたバケツは、さながら防火訓練のバケツリレーのように商店街の面々の早業で次々と奥へ引っ込んだ。

「ただの願掛《がんか》けですよぉ。今のはね、昔『たる募金』に入れられていた、実際の100円札なんですよ？」

「そんなのウソ！　変なもの入れないでよ！」

「あっそう。じゃあ今のはコレのお金ってことで」

徳澤はいつの間にか愛未のトートバッグからくすねたデニッシュを頬張り始めた。

「ど、泥棒！　誰がアンタにあげるって言った！」

「だってさ～、僕さ～、腹が減ってさ～」

出た、いけすかない東京かぶれ。しかもこの男はまたも会話を聞いていたのか……？　これは相手にすればするほどかぶれると、愛未は距離をとった。

「で、どうです奥崎のおじいさん、平成『たる募金』の手応えは？」

近日ロードショーされるアニメ作品のチラシを物色しながら、徳澤が妙なアニメ口調で聞いた。

「皆さんと、徳澤さんのおかげで、私は成果に驚いております。でものぅ、毎日、皆さんに手伝ってもらうのは気が引けるんです。何かほかにもっといい手立てはないもんかのうと、正直のところ考えとります」

「まあ、そうでしょうねぇ。ならば、募金箱の設置は継続させるとして、街頭での呼びかけは週末一回にしましょう。ただし、スーツはやめて普段のお店のユニフォームにしてください」

相変わらずこの男は何を言い出すのか？　取り合おうとはしない面々を見澄ましながら徳澤は、やや語気を強めた。

「カープの初代監督・石本さんは、少しでもカンパを集めるために選手たちにわざとボロボロのユニフォームを着させていました。背番号の刺繍が取れかかった選手がいても〝この方が同情を買う〟と、そのままでプレーさせていたほどなんですよ」

「ワシらに、市民の皆さんの同情を買えと言うんか?」

まるで花束のようにアニメのチラシを手にした徳澤に、アニメのような角刈り頭の花屋、米川がすごんだ。

「僕はただ、妙なプライドは捨てて、ありのままの現状を伝えましょうと言っているんです。石本監督は商業高校の出身だし、大手商社にも勤めたビジネスマンでした。存続とは商才を振るうことでもあるんです!」

やはりカープ関連の話になると、この男は途端に熱くなる。そして愛未は、そのギラついた眼と〝知らない広島話〟に自然と体が熱くなっていく自分もやはり不思議だった。

「ねえ、仮に街頭募金を週一回にしたら、その分お金は減るし、月日はかかるってことだよね？」

「そう、だから別の手法をどんどん導入していく」

「ほかに手があるの……？」

「奥崎さん、この映画館に緞帳《どんちょう》はありますか？」

「ええ、ここは古い映画館じゃけえありますよ」

かつて大衆娯楽の聖地だった映画館では旅一座の公演や歌謡ショーも行われていたと、祖父に聞いたことはある。ピジョン座のスクリーンの前にも舞台の幕開けを告げる緞帳があることは愛未も知っていたが、それをどうするというのか……。

「では、その緞帳、そしてピジョン座の外壁にも、どんな小さな企業や商店でもいいのでスポンサーを募って広告収入を得ましょう」

映画館の命ともいえるスクリーン前や外壁にまで広告を？　それはあまりにも度が過ぎるのではないか？

「今ではごく当たり前ですが、プロ野球選手がユニフォームやヘルメットにつけている企業広告があるでしょう？　実はアレを最初に始めたのも資金難に苦しんでいたカープなんです」

これには自称〝カープ通〟の男たちも驚いたようだった。

「おいおい、トランペットを使った応援や、ジェット風船を、最初にカープがやったことは知っとるが、それは聞いたことがないで？」

「外国人監督の起用や、背番号０番の導入なんかもカープが最初じゃが、それは全くの初耳で？」

「ええ、あまり知られていないですから。あとですね、今後、ピジョン座のチケットは、ここの窓口だけではなく皆さんのお店でも販売していただきますし、皆さんの店のパンや魚などの商品はここのロビーでも販売します。そうだ、開演を待つお客さまにヘアカットをやってもいいですねぇ」

おいおい今度は何だ？　ロビーでパンを売る？　美容院を開く……？　一体、この茶髪は何を考えているのか？

「昔は、カープを助けるために、市内の銭湯や八百屋などの個人商店がゲームのチケットを店頭で売っていたんです。販路を広げることは皆さんにとっても悪いことじゃないでしょう?」

すっかり焼け焦げたトーストのように石垣が顔を曇らせて近づいた。

「ピジョン座のチケットを売るのはやぶさかじゃないが、なぜロビーでウチのパンまで売るんよ……?」

「僕の狙いは、ピジョン座の復興だけではなく、カープと県民の歴史のように、ピジョン座を復興のシンボルとした、商店街全体の活性だからです!」

その予期せぬ発言に、ピジョンの面々はハトが豆鉄砲を食らったような顔を並べた。この男はピジョン座だけでなく商店街全体を救おうとしているのか? それが本当ならばこの上ない話だが、もっか〝容疑者〟である男の発言はこの上なく怪しい。ハトたちは顔を見合わせ「ことを荒げて復興金を荒稼ぎする気かもしれんぞ」という無言の伝書を飛ばし合ったが、長老鳩の奥崎老だけはこれを手放しで喜んだ。

「それはええですの～！　ピジョン座だけじゃなく、白鳥商店街全体が復興するのはワシにとっても本望ですわい！　徳澤さん、ぜひお願い致します！」

「ちょっと待て、じいさん！　客が少ない店同士が商品を置き合ったって効果は知れとるんで？　お前も、それが分かった上で言いよるんか？」

米川がハト時計のように飛び出して警鐘を鳴らした。

「ええ、もちろん分かっています。でもね、僕の中でこの計画はまだ序盤、野球ならば三回裏くらいです。中盤はもっと大胆な策に打って出ないと強敵には勝てません」

「大胆な策じゃと……？」

「はい。たとえば、全員でお金を出し合って商店街のグッズを作り、週一回の募金活動と並行して路上販売を始めるんです」

「ちょ、ちょっと待てや。じいさんもワシらも金に困っとるんで⁉　なのに金を出せって言うんか⁉」

これには米川だけでなくハトたちがアラームのごとく一斉に騒ぎ始めた。

「まあ、落ち着いてくださいよ。これもほとんど知られていませんが、カープは昔、少しでも資金難を抜け出そうと、球団グッズとして〝鉛筆〟を作り、選手自らが『本通り』で路上販売していたんです。今では球界随一のグッズ量を誇るカープですが、第一号のグッズは選手らが汗水垂らして売った鉛筆だったんです！」

「そ、そんな話は聞いたことがないわ！」

「グッズを売るなんぞ、そんな子供だましが通用するわけがないじゃろ！」

角刈りの米川を筆頭にスーツ姿の男たちに囲まれる徳澤。それはまさに刑事に尋問される容疑者そのものだった。

「いや、確かにカープは、鉛筆を売って資金を作っとったらしいで」

一同が入口を振り返るまでもなく、その声の主、いや、においの主は、ラーメン屋『来春軒』の松島に違いなかった。

「新聞社の元同僚に、結成当時のカープの新聞資料を集めてもらっとるんじゃが、確かに当時の選手らは、街で鉛筆を売っとったらしいわ」

数枚のコピー紙を団扇代《うちわ》わりにして豚骨臭を撒き散らす男の登場に、徳澤はまるで弁護人が現れた容疑者のように笑顔を撒き散らした。

「じゃあ、カープが最初にユニフォームに企業広告をつけたって話も……?」

愛未が、先ほどの容疑者の供述を豚骨弁護士に説明する。

「当時の記事は少なくてのう、まだ少ししか集まってないんじゃが……あ〜、これか? 〝結成三年目の昭和二十七年、ユニフォームの袖に広島発祥の殺虫剤メーカー『フマキラー』の袖章をつけた〟と……」

「フマキラー?」

「じゃがの、この袖章も、すぐに連盟に〝外せ!〟と言われ、幻の企業広告第一号となったとよ。また弱い者いじめじゃ……」

愛未は、徳澤がひけらかした知識が真実であったことと、貧乏球団時代のカープ関係者の苦労を思い、殺虫剤を食らった蚊のようにクラついた。

「あ〜よかった。これでどうやら、僕が言ったことは本当だと信じていただけたようですねぇ」

「でも、カープがそうだとしても、ワシらがそれをやるかどうかは、また別の話じゃろう」

しぶとい蚊のように耳元に再来する米川を、徳澤はひょうひょうと払いのけた。

「もちろんです。やるか？　やらないのか？　は、皆さんの決断次第です。まあ、正直、僕はどっちだって構いません。皆さんがカープを手本にしようがしまいが、復興しようがしまいが、僕には関係のないことですからねぇ」

徳澤はそう言い残すと、ロビーを後にし、ピジョン座の表で遊ぶヨシヒコの影と重なった。

「ヨシヒコ君、もしこの商店街のグッズを作るとしたら君は何がいいと思う？」

「ボク、白鳥がいい！　商店街の白鳥！」

「そうか、白鳥がいいかぁ」

徳澤は妙に眼光を和らげ、薄い笑みを唇のふちに浮かべた。


石垣は、二人の影の奥に見える、もう一つの影を目で追っていた。それはやはり、今まで見たことのない買い物客の姿だった。

「この一週間は、決して無駄ではない、そうだよなぁ……」

微かに商店街に生まれ始めた動線をかみしめながら、石垣は少し唇もかみしめた。

「ウチの母ちゃん、怒るかなぁ……。貯金を崩すなんて言ったら……」


凪は去り、いつの間にか吹き始めた風は、遠くから、ナイトゲームのラジオ実況を運んでいた。「一回の表、カープの先発のマウンドには、エース前山健太《まえやまけんた》です……」

と。

■徳澤颯吾の手記より■3

球団グッズ第一号に眠る秘史

かつてプロ野球チームの主な収入源は、放映料・入場料・広告料であったが、在京キー局のゴールデンタイムから野球中継が姿を消し始めた2000年代初頭辺りから、グッズ収入が重要な命綱となり、各球団が商品開発に熱を上げていったことは言うまでもない。そして、その球団グッズの歴史をひも解けば、やはり『広島カープ』という名と、名もなき選手たちと市民の苦闘の日々にたどり着くことも、また事実なのである。

球団創設二年目の1951年（昭和26）――。カープは『たる募金』により命をつなぎ留めることはできたが、その年のセ・リーグは七球団という奇数編成であったため、一時は経営難のカープを抜いた六球団で試合を組まれるなど、依然として〝カープ潰し〟〝消滅危機〟とは隣り合わせだった。

ペナント終了後の十二月。「このまま潰されてなるものか」と、若手選手たちは真冬に強化練習を敢行した。日中は汗を寒風に溶かし、日が傾くと少しでも資金難のチームを救おうと、ある場所へと向かった。そこは原爆ドームから流川までを結ぶ、通称『本通り』の名で親しまれる広島一の繁華街『本通商店街』だった。選手たちが大切そうに抱える箱に入っていたのは、石本秀男監督から託された、青色の下地に金文字で〝カープ〟と刻印された、資金難を少しでも補うために発案された球団グッズ第一号『カープ鉛筆』であった。若鯉たちは、最も人通りの多い現在の『パルコ』付近で、店の軒先を間借りして露店を開き、街行く市民らに声を張り上げた。

「カープの強化資金をお願いします！　鉛筆はいかがでしょうか！」

その光景は、おおよそプロ野球選手には見えぬ、貧乏球団で生き抜く男たちの過酷な姿であった。

当時二十歳だった現カープOB会名誉会長の長谷部《はせべ》実《みのる》は、本通商店街を訪れ、あの冬の日々をゆっくりと振り返った。

「誰も商売をしたことがなかったので最初は戸惑いました。それでもチーム存続のために、恥も外聞もなくここで必死に声を張り上げましたね」

そんな選手たちの愚直な姿勢に、やがて市民たちは足を止め、心意気で応えた。アンパン一個が10円の時代に一ダース60円。しかも、いまだ瓦礫も残る原爆投下からわずか六年後の広島で、鉛筆は〝選手への激励の言葉〟と共に飛ぶように売れた。

「道行く人たちに〝頑張れよ!〟〝ワシらがついとるけえの!〟と激励されてね。そりゃあうれしかったですよ。あの声は今でも忘れられません」

そんなある日、いつものように市民らに頭を下げていた長谷部は、遠くの物陰から一人の少年がこちらを見ていることに気づいた。「迷子ではないか?」と思い、近づこうとすると少年は逃げ去ったが、翌日も、その次の日も、その少年は物陰に現れた。ついに長谷部は、少年に「どうしたのか?」と問いただした。すると少年は、手のひらに握り締めていた5円玉を見せて言った。

「60円はないけえ……カープのために一本だけ買わせてくれん?」

その言葉に、長谷部の胸に熱いものが込み上げていった。

「多分、小遣いを握り締めて来店してくれたんでしょうね。その気持ちがうれしくてねぇ、すぐに鉛筆をバラにしてね、一本だけではかわいそうなので多めにわたしたら飛び跳ねて喜んでねぇ。この道を駆け出して行った姿が昨日のことのように思い出されますよ」

たかが一本の鉛筆。されどその鉛筆一本に、大人から子供までが復興の想いを託し、広島の空に夢を描いたのであった。


その後、長谷部らは年を越えても鉛筆を売り続けたが、1952年（昭和27）の春になると、その赤きイズムは意外な場所で受け継がれた。そこは何と小学校であった。実は、広島市内の小学校がカープに協力し、日頃からよく鉛筆を使う小学生たちと保護者に、カープ鉛筆の購入を願い出たのだった。当時、小学六年生だった吉田《よしだ》少年は、その日、校長先生に呼び出され、ある小学校へ行くようにと告げられた。理由も分からずその小学校へ向かうと、そこには市内の小学校の代表者が三十人ほど集められていた。そして、メガネをかけた老人が生徒たちに言った。

「カープのために、小学生の皆さんにもぜひ協力してほしいんです」

老人の名は、石本秀男。石本監督は小学生にまで頭を下げ、広島の街にプロ野球球団を残そうとしていたのだった。

現在、七十五歳となった吉田隆貞《よしだたかさだ》は、母校・段原《だんばら》小学校の前で当時を振り返った。

「石本監督と後援会の方がお見えになってね、生徒数を聞かれて全校生徒分の鉛筆をわたされたんです。驚きましたよねぇ、プレゼントでなく購入のお願いですから。今考えるとものすごい発想ですよねぇ」

半ば強引かつ無茶なお願い。しかも鉛筆はお世辞にも書きやすいとは言えない代物であったが、吉田少年が各クラスを売って歩くと、誰一人として文句を言わず鉛筆を購入し、誰もがうれしそうに鉛筆を手にして笑った。

「あっと言う間に売れました。そして、もったいないからと言って、みんな使いたがらないんです。カープグッズが欲しいというよりは、カープのために買ってやろうという感じでしたよね。子供だけでなく大人も同じ気持ちで、ウチの父親なんか、その後〝鉛筆はカープ鉛筆だけにせえ〟と言って、きつくしつけられましたから。やはり地元の球団だから地元が支えるのは当たり前。誰もがそう思っていた時代だったんですよ」

小学校だけでなく、街の銭湯、八百屋、魚屋ら個人商店も、手数料一切なしでカープ鉛筆や試合のチケットを販売し始めた。さらにこの年は、たった一枚のユニフォームを着まわすナインらを見かねた市民が『大下回春堂（現フマキラー）』に頼み込んでユニフォームの寄付にこぎ着けるなど、もはや県民とカープの絆は切っても切れないものになっていた。

そして、吉田少年も、あの鉛筆販売を機にますますカープにのめり込み、毎試合欠かさず、友達と電車に乗り球場観戦に出かけた。カープは負けることが多かったが、スタンドから最後まで声援を送り、観戦後は誰からともなく「歩いて帰ろうや」と切り出し、浮かせた電車賃を球場脇に設置された『たる募金』に投げ入れた。

「友達と二時間近く歩いて家まで帰っていました。そのたびに、たるに10円を入れてね。私らだけじゃないですよ、周りの野球小僧はみんな同じことをしていましたよ」

その後、吉田少年は、熱き広島愛を滾《たぎ》らせながら、中学、高校、社会人と、自らも野球人として白球を追い、五十五歳のときにカープ若手選手の合宿所『大野寮《おおのりょう》』の寮長となり、黒川博樹や新谷貴浩《あらたにたかひろ》らを育成するなどカープと数奇な運命を共にしてきた。

「まさか私が寮長になるとは思ってもいませんでした。カープとは不思議な縁があるんでしょうねぇ。選手たちの身の回りの世話や悩み相談など全部やりましたが、寮長の仕事はそこそこにして選手たちの練習ばかり見ていましたよ。やっぱり根っからのカープファンなんですよ、私は」

そして、あの寒空の下、必死でカープ鉛筆を売った思い出を語れる元選手は、今では八十三歳の長谷部実ただ一人になった。

「生き残っとるのは私一人です。あのとき、市民の皆さんに助けてもらった恩に報いるためにも、少しでもこの話を語り継いでいきたいと思っていますよ。今でもね、球団グッズを見ると思い出しますよ。すべてのきっかけとなった、あの鉛筆のことを。そして一致団結してくれた県民の皆さんの激励の言葉をね」

今も、グッズショップの一角に並ぶ『カープ鉛筆』。その歴史の年輪をたどると、名もなき選手と市民、そして子供たちが、カープを支えた温かな〝鯉のはなし〟が息づいている。

四回裏

クーラーと扇風機と団扇の連合軍が、甲子園中継の熱気と闘っている本通商店街の中華店で、愛未と徳澤はスパイク袋に黒土を入れる球児のように黙々と担々麺をすすっていた。

「でさ、白鳥ティッシュケースの売れ行きはどうよ？」

素早い甲子園のグラウンド整備ばりに小皿にギョーザのタレを作りながら愛未が答える。

「一カ月で8万円くらいかな。お金のない商店街にしては頑張って投資したと思うし、なかなかのアイデアだと思わない？」

徳澤が目をやった店の外では、軒先を間借りした露店で声を張る、石垣や米川の後ろ姿。その手にはティッシュを一枚つまみ出せば、まるで白鳥が羽を広げているように見える、白地のポケットティッシュケースが握られていた。

「今どきティッシュケースなんて百均の手ぬぐいで手軽にリメイクできるのに、わざわざ買ってくれるなんぞ広島人はお人よしだねぇ」

「けっこう女子ウケいいんだよ。美容院の杉内さん、あの募金のバケツをポップコーンの容器みたいにしたときも思ったけど、あの人って、いいデザインセンスしてるんだよねぇ」

そう言いながら、愛未は早くも二個目のギョーザに箸《はし》を伸ばす。相変わらず職欲はないが食欲はある女は、どうやら夏バテ知らずのようだ。

「で、そのピジョン座の募金の方は？」

「うん、口コミで広がりつつあってさ、映画好きやシニア世代を中心にピジョン座を残そうという気運が高まりつつあるの。だから募金のついでにティッシュケースも買ってくれてさ。いざとなったら熱くなる〝広島人の結束力〟っていうの？　本当にありがたいよね！」

「まずありがたがるのは、すべての発案者の僕じゃないかな？」

徳澤は二枚目な顔を作って見せたが、早くも二枚目のギョーザを注文する愛未の視界には入らなかった。

「でもね、相変わらずピジョン座や商店街は人もまばらだし、グッズを作るのに各店舗が20万円も出し合ってる。それを思うとスタート地点、いや、そのかなり後ろって感じがするんだよねぇ」

先ほどのお返しとばかりに、困り顔の愛未を無視して、徳澤は甲子園のアルプスで祈る女子高生に同情してみせた。

「ねえ、聞いてる？　ねえ？」

「……ああ、まあ、前にも言ったが、これから先はもっと激しく動かないと、市民の心も動かないってことだな」

「分かってる。だから私は私なりに、ＳＮＳを使って若い人たちに全国のミニシアターの現状を知ってもらおうとしているし、クラウドファンディングもいいかなって思ってる。あ、知ってるよね？」

「ネットを通じて、群衆に資金の出資を呼びかける手法な。確かにアレを使ってデジタル映写機を購入できた映画館もあるが、ピジョン座だけでなく商店街全体を復興させるためにはどうしたらいいのか。それを激しく考えるべきだな」

「そう、だからそれもさ、ほら見て」

愛未は三塁コーチャーの肩のように目まぐるしく回していた箸と口を止め、トートバッグの中から十数枚の紙を取り出した。

「松島さん、ほら来春軒の。あの人、元新聞社でしょ？　あの人の昔のツテを頼って、ピジョン座や商店街の現状を、記事や読者投稿欄とかで取り扱ってもらおうと思ってさ。私の思いの丈を12枚も書いてみたの！　どう、すごいでしょ？」

「多けりゃいいってもんじゃない。この扇風機だって、昔は羽根が3枚なのが普通だったけど、いつの間にか、4、5、7と増えて〝どこまで増えるんだ？〟と思ったら、羽根のない扇風機が出てきた。増やすことが正解とは限らないのさ」

広島のこと以外でも訳の分からないことを言う。それは最近、徳澤についてアップデートされた情報だった。

「じゃあ、そろそろワシらは戻るんで、交代頼むわ」

徳澤の助言どおり、パン屋のコックコートと花屋のエプロン。店のユニフォームを着た石垣と米川が、入口から顔を出して言った。

「うん、私と徳澤さんが引き継ぐね」

「ちょっと、僕は関係ないでしょ?」

「何よ、週末にしか顔を出さないんだから手伝ってくれてもいいでしょ?」

「いや、ほら今、二死満塁だからさ」

「女子高生しか見てなかったでしょ!」

愛未は嫌がる徳澤の腕を力いっぱいつかむと、アルプスの大声援を受けながら露店というバッターボックスへと向かった。


原爆ドームを背に、動く兵馬俑《へいばよう》みたいににぎわう本通りを歩きながら、米川は、やがて見えてくるパルコをぼんやりと眺めていた。

「あそこの裏にあった映画館も、三年前に閉館したんよのう」

かつて、そこにはカープとほぼ同じ年に誕生した『東宝塚劇場』があった。最盛期には四スクリーンを誇る大型の映画館であったが、やはりデジタル上映に移行した業界の荒波にのまれ、２０１１年（平成23）に最後まで35ミリフィルム上映を貫いたまま、歴史の幕を下ろしていた。

「昔は、東宝塚劇場の前で、毎晩のように花束を持った男を見かけたもんじゃが、今じゃ街中を見わたしても、そんな男は見つからん時代よのう」

それは花屋の米川らしい考察であり、恨み節でもあった。

「やっぱり、昔に比べると、花屋も厳しいっすか？」

「花屋はな、店頭にたくさんの花が並んでないと客が集まらんから、仕入れた花の何割かは廃棄を覚悟せにゃいけん。見た目は華やかじゃが現実は穏やかじゃないんよ」

その言葉は、毎日パンを廃棄している石垣の胸にもバラのトゲを刺した。

二十年前……まだ父親のもとで、パン職人の修業をしていた若い時分、すこぶる朝が早く、仕込みの多い家業を恨んだこともあった。周りの商店の気楽さをうらやましく思っていたある日、何気なく自宅のあるパン屋の二階から、向かいの花屋を眺めた。そこには、店先に花々を並べるまでに、水切りをし、葉っぱをむしり、トゲを抜き、ようやくそこから花束にしたり、フラワーアレンジしたり、生け花用に組んだりと、息をつく暇もなく働く米川夫妻の姿があった。「どんな仕事にも、人には見せない時間と手間があるんだ——」「そんな職人たちが家業と家族を守るために小さな商店街で寄り添い、共に生きてきたんだ——」そのとき、石垣の中で、仕事と白鳥商店街に対する想いが変わった。まるで肺胞にイースト菌とグルテンが染み込んだみたいに、胸の中で仕事に対する情熱が膨らんでいった。しかし、あの頃はまだ、商店街に活気があった時代であった……。

「じゃあ、ワシはちょっくら寄り道して帰るわ」

「え、店に戻らないんですか？」

「カミさんに内緒でグッズに大金を使ったけえの。花は花でもチューリップで儲《もう》けにゃいけんのんじゃ」

軽やかにエプロンをはぎ取り、流川のパチンコ店へと消えて行く米川の後ろ姿を見ながら、石垣の胸に刺さったトゲが再びチクリと刺した。


夏の日差しを遮断したアーケード街には、短すぎる夏休みの日めくりカレンダーのように、目まぐるしく子供からお年寄りまで、さまざまな人種が通り過ぎる。ピジョン座の名前に目もくれない人、懐かしそうに声をかけてくる人、愛未はいつもこの場所に立つと、行き交うすべての人々に感謝したい気分になった。

「痛てぇ……痛てぇ……」

いまだ先ほどつかんだ腕を大げさにいたわってやがる、茶番な茶髪男をチラ見しながら、徳澤の腕をつかんだのは二度目だと気づいた。おめおめと広島に帰郷し、原爆ドームの下で腕をつかんだあの日……。この男は確かに、被爆者からプロ野球選手になったというおじいさんに取材めいたものをしていた。でも一体なぜ？　あの取材とカープ通ぶりは、何か関係があるのだろうか？

「ねえ、何で元カープ選手にインタビューなんてしていたの？」

「あん？　あぁ……アレは何となくだよ」

「何となく？　意味くらいあるでしょ？」

「ないよ。ほら、女子がインスタとかに、何の意味もない体温計とか青空の写真を載せるだろ？　アレと一緒さ」

アレは確かに意味がない。載せる必要もない。が、愛未にも前科はあった。

「あとさ、やたら光を飛ばしまくった自撮りとか、大したニーズもない〝スタバ新作なう〟〝制服ディズニーなう〟とかはやめた方がいいぞ、君は」

しかも私をフォローしていた。さかのぼってチェックもしてやがる。一体、コイツは何を考えているんだ？

「無用な心配だとは思うが、広島に戻ってからほとんど実家に帰らずピジョン座に泊まり込んでんだろ？　あんまり親に迷惑かけんなよ」

のぞき魔、いや徳澤の言葉は図星だった。出戻った実家は居心地が悪かったし、再就職もしていない負い目もあった。そして、祖父が置かれている現状も絶縁状態にある父親には言いづらかったのだ。

「なあ、制服ディズニーなら」

「その呼び方はやめて！」

「親で思ったんだが、何で君のお父さんは映画館を継がなかったんだ？」

「うーん、まずは儲からないから。あと、お父さんはピジョン座で生まれ育ったんだけど、毎日、暗くジメジメした映画館の中で働くおじいちゃんの姿を見ていたら嫌になったんだって。で、高校を卒業して家業を継げと言われたとき、〝何が白鳥商店街じゃ！　ワシこそ白鳥みたいに自由に飛び回わるぞ！〟なんて言って、今じゃ全国を飛び回るトラック野郎ってわけ」

愛未はそう答えながら、退屈な田舎だと決め込み、両親の反対を押し切って東京へ飛び出した自分と父親を重ねていた。

「まあ、理由はどうであれ、君の家は〝崩壊ファミリーなう〟だな」

「制服ディズニーならうっぽく言うな！」

「どっちにしろ、親も、そしておじいちゃんも大切にしろよなぁ」

やがて二人の耳に聴こえ始めた、店内から流れる地方高校の校歌。また誰か、球児の夏が終わったんだ……という思いにふけった。その矢先だった。

愛未は人波から顔を逸らした。

「アイツだ……」

人ごみの中を通り過ぎた男。一瞬だったが、それは紛れもなく元カレだった。おおよそ自分を探しにこの街に来たことは察しがついた。でも、彼との心の距離は、もはや実家の押し入れの奥にしまったキャリーバッグくらいかけ離れていた。

四年前、親元を飛び出して就職した東京の化粧品メーカー。入社当初は、歓迎会やランチのお誘いに胸を躍らせたが、すぐにそれは先輩たちの新参者への〝値踏み〟だと気づいた。嫌われ者の男上司がいた頃は、団結する女子社員たちの一味になれたが、彼が転属になると、お局様たちは新たな敵を狭いフロアで捜し始めた。そんな都会の〝社内モンハン〟におびえるうちに、気づけばオフィスをうつむいて歩いていた。遠からずも、いつかは退社の道を選んでいたのだろうが、それに追い打ちをかけたのが、元カレに何度か会わせた〝制服ディズニーなう〟を一緒にした会社の女友達と元カレの浮気だった。まあ、浮気をされるのは初めてじゃあなかったが「いつの間にかそういう状況になっちゃって」とか「愛未が一番なのは変わらないからさ」なんぞと抜かすアイツの姿を見ているうちに、胸の奥がだんだん冷えていき、やがて新幹線のアイスのように、簡単にはすくえぬほどに固まったのだった。

「今さら、遅いっつーの、浮気男が……」愛未はアイツが去っていった人波の背中という背中をにらみつけていた。

「なぁ、向かいの天丼屋もうまそうだよなぁ？」

ついでに徳澤もにらみつけてやった。

「今朝、松島さんに〝夜に行きます〟って言ったけど、さすがに担々麺の次にラーメンはないから浮気しちゃおっかなぁ。なあ浮気してもいいかな？」

絶妙にイラッとくる言葉のチョイス。悪気はないのだろうがシレっと感情を逆なでしてくるこの手のタイプは東京に多い。やはりこの男は、商店街の面々が言うように、よそ者なのか？　この一カ月間、徐々に泥棒容疑は晴れつつあったが、相変わらず週末にしか姿を現さない謎めいたルーティンが、いまだに徳澤颯吾という男を信用できない理由の一つでもあった。

「なあ、浮気で思ったんだけど、何で君は、広島から東京に浮気をしたの？」

まだ続けるか？　でも今はいい。世間話でもして気を紛らわせたいと思った。

「十九のとき、何だかこの街をすべて知り尽くした気になったの。よくあるじゃない？　自分の生まれた街が、ちっぽけで退屈に思えて都会にあこがれる感覚。ほら、退屈な授業のときほど窓から外の景色を眺めたくなるあの感じ」

「そのたとえはよく分かんないけど、まあいいんじゃない。もともと広島人は海外に移民した人口が全国一位だからさ」

そのたとえの方が分かんない。だけどまたもや知らない広島史じゃあないか。

「その根底には、生きていくためにはどんな新天地であろうが恐れない県民性があるんだが、傍から見れば〝浮気〟かもなぁ」

しばらく泳がせてみようと、愛未は段ボールを開け、ティッシュケースの補充に取りかかった。

「あっ！　次はその手があるなっ！」

突然、徳澤が発した大声に、すぐさまティッシュが必要なほど鼻からギョーザ風味のおつゆが飛び出した。

「な、何なのよ急に⁉」

「ピジョン座の大胆な一手が決まったよ！」

「はあ?」

「よく見ろよ、この人波を」

天井屋を眺めていた顔つきとはまるで違う面持ちで徳澤は続けた。

「広島は日本屈指の外国人観光客が集う街だ。中でも原爆ドームから延びる本通りは、彼らの観光ルートでもある」

確かに、先ほどから目まぐるしく寄せては返す人波には、あの帰郷した日のように自撮り棒を手にした外国人の姿も目に付いた。しかし、それが何の一手になるというのか……?

「本通りが延びる先には眠らない街・流川。外国人宿泊客の中には、この辺りのBARで夜通し楽しむ人も大勢いるし、ホテルには時差ぼけに悩む人もいる。そして、その流川の先にあるのが白鳥商店街だよな?」

「確かにそうだけど……」

「次なる一手は、この好条件の動線を使うんだ!　ピジョン座で外国人観光客向けのレイトショーをやるんだよ！」

「外国人をターゲットにした深夜営業をやるってこと？」

「ああそうだ。実は、戦後の広島人は全国に先駆けて国際交流をした県民でもあるし、カープだって、どこよりも早く〝日本代表〟として海外で戦ったチームでもあるんだよ！」

出た、さらに強めの眼光と語気。でも待て待て、それはおかしい。

「カープは『たる募金』をするほどの貧乏球団だったんでしょ？　そんなチームが何で海外に行けるのよ？」

「それこそが、当時のカープが日本に齎《もたら》した大胆な一手。今ではほとんどの人が知らない〝カープの日本代表史〟なんだよ！」

「でも深夜営業は無理だよっ。フィルム映画を流すには映写技師さんが必要でね、ウチはおじいちゃんが兼務してようやく運営しているんだよ？　深夜まで働かせるなんてできっこないって」

「じゃあ、引退した技師をスカウトすればいい。球団結成時のカープも、頭数をそろえるためにプロを引退して喫茶店のマスターになっていた人を入団させたんだからな！」

この男はまたも本気だ……。徳澤は眼光を強め、ニヤリと笑いながら語り始めた。

それは、愛未がこの男から聞く、初めての〝鯉のはなし〟でもあった。

やがて人波は、ゆっくり、ゆっくりと途切れ始め、

赤き夕日は、人々の影と、アイツとの距離をゆっくりと伸ばしていった。

■徳澤颯吾の手記より■ 4

ヒロシマにプロ野球あり！ 海を越えたカープ魂

鯉の先人は言った。

「カープはね、どこよりも早《はよ》う、日本代表として戦ったチームなんよ」

人懐っこい穏やかな笑みをたたえながら語るその表情には、紅顔の美少年エースとして人気を誇り、子鹿のように跳ねる投球フォームから『バンビ』の愛称で親しまれた面影が香った。十八歳五カ月で開幕戦勝利というプロ野球最年少記録を持ち、引退後は二軍監督やコーチ、そしてスカウト部長として、のちに名球会に名を連ねる、野田健次郎《のだけんじろう》、前川智広《まえかわともひろ》、金田知明《かねだともあき》、黒川博樹らの獲得に尽力。入団から半世紀もの間、一度もカープを離れなかった備後喜雄《びんごよしお》、その人である。

夕暮れに染まりかけた空を遠い目で見つめながら、備後は少しずつ当時のことを語り始めた。


日本海軍の拠点として名声を誇っていた広島県内には、戦後、多くの進駐軍が配備された。それが故に日本プロ野球史の陰で、人知れずカープ対進駐軍、市民対進駐軍という国際交流試合が、市内や江田島《えたじま》で秘密裏に行われてきた。

さらに……球団創設四年後の1954年（昭和29）1月12日――。カープは三週間にもわたる海外遠征へと旅立った。当時は、ほとんどの球団が海外へ行ったことのない時代であり、カープはいつ身売りしてもおかしくない貧乏球団でもあった。そんなカープが海外遠征できた理由。それは戦後の国交正常化を目指すための『スポーツ親善大使』という大役を担ったからであった。

二代目監督・白石克己、エース長谷川亮平、そして備後喜雄、榊原盛保《さかきばらもりやす》ら二十一名のカープナインが向かった先は……フィリピン。第二次世界大戦で、フィリピン国民は、日本軍の占領や首都マニラでの市街戦などを経験。つい数カ月前まで国内に多くの日本人が戦犯として収容されており、対日感情はいまだ悪く、戦後の賠償協定《ばいしょうきょうてい》も結ばれていなかった。そんな両国の関係をスポーツを通じて少しでも和らげるべく、国家の未来を担う大役を背負いナインらは出国したのであった。

「無事、自分たちに務まるのだろうか……」高度を上げていくダグラスDC機の中で、まだ二十歳だった備後と榊原は底知れぬ重圧に沈んでいった。

そのときの心境を、元カープの大型投手・榊原盛保もまた目を細めながら紡いだ。

「あのときのカープが海外に行けたのは一つの奇跡ですよ。みんな行けるとは思っていなかったからね。しかしね、フィリピンに着くとあぜんとしましたよ、マニラ海戦で沈んだ日本の軍艦がたくさん海面に横たわっとるんですから。あらためて、ことの重大さと、自分らが置かれている立場をかみしめましたね」

両国を隔てた戦争の悲惨さを、自分たちが生きる縁《よすが》とする〝野球の力〟で酬《むく》いたい。ナインは長旅で憔悴《しょうすい》した五体を鼓舞した。

しかし、親善試合の初戦から早くもカープに暗雲が垂れ込めた。相手は格下の大学生チーム、先発は備後喜雄であったが、正月休み直後の遠征だったことや日本よりも高いフィリピン流のストライクゾーンに悩まされ、中盤までに3点を献上。その後ようやく反撃に転じ、結果は4対3と辛勝。さらに翌日、フィリピンの社会人チームに、エース長谷川亮平が打ち込まれ、3対14と惨敗を喫する。

現地のマスコミは「カープは大したことがないチーム」と書き立て、早くもカープの〝日本プロ野球の面目〟と〝親善大使としての役割〟そのどちらもが失墜し始めた……。

しかし、そんなマスコミに対し、白石監督は一切の弁明をせず言った。「ストライクゾーンの条件は相手も同じ。ならば我々が慣れなければならない」と。この日本男児らしい言葉にマスコミは驚きと好感を持ち、備後ら選手たちは「勝ってこそ相手に尊敬され、勝ってこそ親善大使の役割も果たせるはずじゃ」を合言葉に、再び目の色を変えた。

その後、カープは連戦連勝。榊原も「カープは日本のプロじゃ」「勝たにゃ日比親善にならんのじゃ」とマウンドで呟きながら三振の山を築いた。やがてマスコミは、日を追うごとに「最初にカープが負けたのは不慣れなストライクゾーンや気候のせいだった」と報じ始めた。

さらに、カープの評価が高まったのはグラウンド内だけではなかった。ある日の移動中、ナインは路上で声を荒げている土木作業員たちに出くわした。聞けば、測量機器の使い方が分からず困っているという。これを知り、一人のカープ選手が動いた。130キロに満たない球速であったが、上下左右に微妙に変化する『十字架球』と呼ばれた〝くせ球〟を得意としたアンダースロー投手、渡辺信男《わたなべのぶお》だった。彼は、その経歴にも〝くせ〟があり、実は入団前は広島県庁の耕地課に勤め、退団後は県庁の仕事に戻ったという異色の選手。土木の知識のある渡辺の手ほどきは、現地の人を大いに驚かせ、その姿は翌日の新聞にも掲載。「日本のプロ野球選手は測量の技術も一流だ」と称賛された。

　こうしたカープナインらのグラウンド内外での紳士的な言動は、フィリピン国民の日本人に対するイメージを日に日に和らげ、白石監督らは、大戦中に抗日ゲリラにも参加していたフィリピン大統領との面会も許された。さらに選手らは、大戦中、マレー作戦を指揮し『マレーの虎』と称された将軍・山下康文《やましたやすふみ》ら、多くの日本人が戦犯として収容されていたモンテンルパ刑務所への訪問も許される。

「あそこへ行けたことは非常に意味があることでした」

備後は感慨深げに言った。そして榊原も鮮明に覚えていた。

「終戦から九年が過ぎていましたが、反日感情は強くてね。襲撃されるかもしれないとのことで、我々が乗るバスの前後を、パトカーがサイレンを鳴らしながら護衛していったんですよ。それに輪をかけてショックだったのが刑務所内でした。日本人が詰め込まれていた独房は、とにかく狭くて劣悪な環境でね。

ここで多くの方が最期を迎えたのかと思うと、胸が痛くなりましたよ」

わずか数カ月前まで収容されていた日本人、そして青春時代を広島で過ごし、最期はこの地で処刑された山下康文。今、彼らと同じ景色を見ているのだと思うと居《い》た堪《たま》れない気持ちになった。

「勝った方も負けた方も関係ない。やはり戦争はいかんと思いました」

備後は言葉を詰まらせ、しばらく話すことをやめた。


滞在中、親善大使としての本分を全うし続けたナイン。そんなカープの最終戦の相手は、あの第二戦、大差で負けた社会人チームであった。試合は、九回まで4対4の接戦。九回裏、とどめのサヨナラタイムリーを放ったのは……カープ。終わってみれば、この遠征でカープは11勝1敗。その強さと滞在中の立ち居振る舞いをたたえ、試合後、スタンドを埋め尽くしたフィリピン人から惜しみない拍手と「トモダチ」「トモダチ」というコールが繰り返された。

榊原は興奮気味に言った。

「あれには驚きました。おそらく占領中に教えていたんでしょうね、満員のスタンドから〝トモダチ！　トモダチ！〟と聞こえてきたんですから。試合後〝これで日比親善も、賠償問題もスムーズにいくだろう〟とフィリピンの主催者に言われたときは、本当にうれしかったですね」

国家の未来を担う大役を無事に果たしたカープナイン。そんな選手らの想いが届いたかのように、二年後の1956年（昭和31）――、日本とフィリピンは賠償協定を締結。国交正常化へ向けて歩み始めた。

現在、かつて対立した両国は、親密な友好国となった。その歴史の陰には、一つのプロ野球球団と、スポーツで互いの心を通わせた日本とフィリピンの若者たちの存在があったのだった。

そして、フィリピンだけでなく、現在のカープの本拠地『マツダスタジアム』、赤き賛歌が木霊《こだま》するライトスタンドの下にあるBARの一角にも、カープの国際交流を物語る遺産がある。それはフィリピン遠征を行った二年後〝1956〟の年号が刻まれた一枚の古いプレート。贈り主は、大リーグの名門『ロサンゼルス・ドジャース』である。

1956年（昭和31）11月1日――。

親善試合で広島を訪れた際、ドジャースの会長はこう言った。

「市民の手で作り上げたカープは、プロ野球が目指す本来の姿であり、原点とも言える球団なのです」

実は、戦後のカープが対戦した進駐軍チームの中には、元メジャーリーガーもいた。フィリピン遠征の際も、カープは現地に駐留していた米軍とも交流試合を行った。奇《く》しくも〝野球〟を通じて国際交流を重ねてきたカープは、いつしか〝ベースボールの国〟でも知られる存在になっていたのだった。

さらに、あの遠征から五十六年後の２００８年（平成20）――。カープから、新たな国際交流の舞台へと歩き出す男が現れた。彼の名は黒川博樹。しかも、黒川が選んだのは、奇しくも、かつて広島カープを「プロ野球が目指す本来の姿」と言ったドジャースだったのである。

五回裏

　星月夜に塗られた白壁。気持ちばかりのロビーカウンターに鎮座する奥崎老は、館内を見わたしながら、これまでの六十五年の歳月と、ここ七カ月の間に訪れたさまざまな変化を思い起こし目尻を下げていた。カウンターの横には、パン屋の石垣がこしらえたホワイトチョコレートを基調とした真っ白な『白鳥パン』、花屋の米川が手入れした『ハクチョウゲ』のミニ盆栽をはじめ商店街の厳選品が陳列。奥に広がる客席には、あの店先を間借りさせてくれた本通りの中華屋の名前を筆頭に、市内の個人企業や商店名が刺繍された緞帳、その前には、まだ少数ではあるが映画を待ちわびる外国人客の姿があった。

「おじいちゃん、またここにいたの？　レイトショーは私たちに任せてって言ったでしょ？」

防寒着に夜食のデニッシュ、外国人客用の英語辞書を携えた愛未と、日替わり当番の松島、そして珍しく徳澤の顔もあった。

「徳澤さんがいらっしゃるということは、今日は土曜日でしたかの？」

「ピンポーン。まあ、単なるアニメ目当てですけどねぇ。奥崎さん、僕が言った通り、外国人に日本のアニメはウケるでしょ？」

「いやぁ～驚いとります。さすがは徳澤さんですわい」

「まあねぇ。じゃあ今日の顧問料ってことで」

白鳥パンに伸ばした徳澤の手を愛未の手がスパンと一閃する。

「調子に乗らないでよね、週末はまだマシだけど、平日なんて四～五人がいいとこ。まだまだ赤字なんだからね！」

「赤字なら徹底的に経費を削る、今はそれまでさ」

「どういうことをよ、それ？」

やはり大げさに手の甲を押さえながら、徳澤はカウンターの上に置かれた外国人との筆談用のペンやノートを嫌み気にめくりながら吐き捨てた。

「パン一個で文句を言うぐらいなら、カープを見習ってペン一本でも節約しろって話だよ」

ペン一本を節約？　鉛筆のほかにカープの歴史には、ペン一本にもエピソードがあるのか？　いつもの徳澤の目力スイッチに注視したが、相当ムカついていたのか、彼はノートに「当時のカープは」「球団事務所の備品がなくなるとね」と、なぜか筆談を決め込んだ。

「面倒くさいよ！　口で言いなよ、口で！」

徳澤はペン先のように口を尖らせながら、ようやくしゃべり始めた。

「市民に募金をお願いしていたカープは、自らの姿勢も律し、倹約に努めていた歴史があるのさ。球団事務所で使っていた便せんや封筒は、別企業の名前が入っているものに横線を引いたものばかりだったし、事務所のペンやノート、のりなどの備品は、すべて近所の郵便局や銀行からおすそ分けしてもらったものだったんだよ」

仮にも〝プロ〟の看板を掲げたチームがそんな涙ぐましい努力まで？　愛未は、にわかに例のコピー資料を読みあさり始めた松島の顔を見たが、彼は食い気味に「そこまでマニアックな資料は、まだ集まっとらん」と言わんばかりに両手を上げた。

何かを見透かすような狡猾《こうかつ》な冷笑を浮かべながら、徳澤はさらりとステンのカラーコートを脱ぎながら、さらりとカウンターに置かれていた愛未のデニッシュをくすねると、何食わぬ顔でロビーのソファに寝転び、開演を待つ金髪女性とオーバーな身ぶり手ぶりでアニメ談義を始めた。

「そんなに気を落としなさんな、松島さん。元新聞社じゃ言うても、アナタは映画やテレビ欄の専門じゃったんじゃやけえ、スポーツは門外漢《もんがいかん》で当然ですよ」

「それはそうじゃが……、記者魂はそれなりに残っているもんでね。知らんことを自慢されるのは、どうも歯がゆいんよ」

悔しそうにロイドメガネを上げる松島に、愛未は聞いた。

「松島さん、何で新聞社を辞めてラーメン屋さんに？　だって、まだ十分働けた年齢でしょう？」

「おやじが二年前に他界したんよ。大した味のラーメンじゃなかったが、代々続けてきた店を、おやじの代で閉める訳にはいかん。じゃけえワシが継いだんよ。まあ、味はまだ継げてはないけどのう……。いまだにスープを作っては捨て、作っては捨ての試行錯誤の毎日よ」

愛未は、彼から漂う妙な豚骨臭の正体と、父親の形見であるラーメン店や映画館を、必死で守り抜こうとする松島や祖父の気持ちが少しは分かったような気がした。そして、理由はどうであれ、東京から逃げ帰った軟弱な自分が恥ずかしいとも思った。

祖父いわく、最近もまた〝アイツ〟が、このピジョン座にも来たという。早いうちに元カレとも自分が本当にしたい仕事とも向き合わなければ駄目だ。既読スルーやブロックし続ける人生は、やがて世の中からスルーされブロックされるだろう。そう思った。

「じゃあ、間もなく開演しますかのう～」

ロビー入口に現れた老人は、元映画欄の担当記者だった松島が中心となってスカウトした、映写技師・中元《なかもと》だった。かつてパルコ近くにあった、あの最後まで35ミリフィルム上映を貫いたまま歴史の幕を閉じた、元東宝塚劇場の映写技師である。

「中元さん、そんな薄着で大丈夫なんですか？」

もう秋だというのに中元はランニング姿であった。

「愛未ちゃん知らんのか？　映写室はのう、映写ランプから出る高熱で四十度にもなるけえ、冬場でもクーラーをかけとるんで」

ピジョン座の二階にある映写室は、映画館の中でも神聖な場所であり、幼い頃からここへ通った愛未も、秘密基地代わりにして遊んだ松島ら商店街の悪ガキたちも、入ったことのないトワイライトゾーンだった。

「ピジョン座の孫さえも知らんことがある。映画館はのう、映画館そのものが映画のように奥が深い作品なんよ」

わずか数本になった前歯の隙間からクーラーのように呼気を漏らしながら映画人らしいセリフを吐いた中元に、同じく映画をこよなく愛し、映画が持つ力を信じ、ほれ込んできた奥崎老が語りかけた。

「中元さん、毎晩すまんのう、味気のないアニメばかりに付き合ってもろうて」

「なあにじいさん、ワシは映写室のにおいと、フィルム特有の粒子の粗さが好きじゃけえ、回せるだけでもありがたいんよ。じゃがのう……いくら外国人にウケるとはいえ、アニメは英語字幕付きが少ないけえ、そろそろ数に限界があるじゃろう?」

中元の意見は的を射ていた。そもそもフィルムで流せるアニメ作品は限りがあり、字幕版はさらに少なかった。いくら相手が一見《いちげん》さんであるとはいえ、わざわざ旅先で触手が伸びるほどの話題作はなかったのだ。壁を彩る歴代の映画ポスターを物憂《ものう》げに眺めながら、奥崎老はぼんやりと言った。

「松島さん、外国人の皆さんに今後どんな映画を観せたら喜ぶかのう? それならアナタが一番詳しいじゃろう?」

「そうじゃのう。外国人は日本に来てわざわざ自国の映画を観ようとは思わんし、以前担当した、外国人を対象にしたアンケートでは、忍者映画あたりが人気じゃった。いっそ日本らしいチャンバラ映画や、広島ならではの平和をテーマにした作品なんかの方が、かえってウケるかもしれんのう……」

「広島ならではの映画……？　ほう、それは思いもせんかった。なるほどのう、広島らしい映画かぁ」

愛未はそのアドバイスに激しく同意した。東京に出たての頃は、見るもの、食べるもの、そして男も、すべて〝東京らしさ〟が新鮮だったし〝ならでは〟を欲した。おそらく旅人は、その土地の〝風土〟が香る〝フード〟に最もパクつきたくなるのだ。

「それなら、最適の映画を広島市民が持っていますよぉ」

またもこの男は聞き耳を立てていたのだろうか？　いつの間にかデニッシュをパクついてやがる徳澤が、眼のスイッチをＯＮにさせながら加わった。

「実は、その昔、カンヌやパリの映画祭で、広島をテーマにした作品で賞をとった市民がいたんですよ」

おいおい待ってくれ。あのカンヌで賞をとった市民がいる？　さすがにそれは信じろと言う方が無理ではないのか？

「しかもその人は、まだ広島ではほとんどのテレビ局が開局していなかった１９５８年に、結成九年目のカープ選手の姿を撮影してもいたんです」

テレビのない時代に選手を撮っていた？　一体どうやってそんなことができたのか？

「おい若いの、その人は映画監督とかかい？」

中元が興味津々な顔でパクついた。

「いえ、お医者さんを中心とした一般市民です」

「中心……って、何人かいたってこと？」

愛未も不思議と熱くなる体のスイッチがＯＮにされた。

「そうだよ。松島さん『鯉城《りじょう》エイト倶楽部』って聞いたことがないですか？」

「鯉城エイト……あっ……以前、名前だけは聞いたことがあるような……」

「何なの？　その怪しげなクラブは？」

「カープを強くしたい一心で、無償で選手らを撮り続けた8ミリカメラ愛好家のアマチュアカメラマン集団のことさ」

無償で？　これまで散々カープのために一肌脱いだ人たちがいることは聞いたが、まだそんな市民がいたというのか？

「その中心人物のお医者さんが、のちに世界遺産となる『嚴島神社』や『原爆ドーム』、さらには、広島ならではの〝平和〟や〝原爆〟をテーマにした作品を撮り続けた。しかもそれらは、カンヌなどの海外でも上映されたから字幕もバッチリなんだ」

「でも8ミリなんじゃろ？　流せるんか、じいさん？」

松島が珍しく興奮して奥崎老と中元に問う。

「六十五年もやってきたんじゃ。手入れすりゃあ、まだ十分動く8ミリ映写機もある」

「中元さん、流せるんか？」

「ピジョン座には及ばんが、ワシも少しは名の知れた男よ。8ミリから、16ミリ、

35ミリ、70ミリまで！　映写機さえあれば全部お任せあれよ！」

一同はにわかに色めき立った。中元は、足取りも軽やかに映写室へと続く螺旋階段を上った。松島は、またも珍しく金髪女性にハイタッチを求めたが、鼻を押さえながら足早に客席へと消えていった。奥崎老は『鯉城エイト倶楽部』なる集団の所在地を徳澤に尋ねた。彼は、ステンのカラーコートの内側から一冊の小さなノートを取り出してめくり始めた。

愛未は、一瞬だけ見えたそのノートにしたためられた文字が、単なるメモではなく黒々とした大群であることに驚いた。「一体、何が書いてあるんだろう……？」。

館内に鳴り響いた開演ブザーは、ロビーを抜け、月明かりに照らされた商店街、そして広島の秋の夜長に溶けていった。

■徳澤颯吾の手記より■5

カープとヒロシマを撮り続けた男たち

「なぜ、カープファンはあんなにも熱いのか」。
それは現在のマスメディアでも議論されるテーマではあるが、言わずもがなそれは〝球団黎明期《れいめいき》のチームと県民の絆〟にある。球団創設から約七十年の歳月が流れたが、黎明期以降も、カープは名もなき市民らの熱い郷土愛によって支えられてきた。その市民の一人が松山博樹《まつやまひろき》と『鯉城エイト倶楽部』の面々であったことは間違いない。

まだ広島のテレビ制作が成熟していなかった、1958年（昭和33）――。当時の選手の練習風景や打撃フォームを収めた貴重なフィルムが現存している。さらに、テレビ関係者も舌を巻くまぼろしのキャンプ映像には、選手らの入浴シーンや寝室で将棋を打つ姿、ファンのために寄せ書きをしたためる光景など、結成九年目のチーム事情が手に取るように分かる映像遺産たちが、人知れず広島の街に眠っているのだ。

あの『たる募金』が熱を帯びた、1951年（昭和26）――。広島は横川町に一軒の町医者が開業した。院長の松山は、我が子の成長を収めるために8ミリカメラを購入したが、いつしか被写体は原爆の焦土から立ち上がらんとする市民らになっていった。1958年。松山は、同じ8ミリカメラ愛好家と映像制作集団を結成。8ミリにちなんで『鯉城エイト倶楽部』と名乗った。

結成当時の会員・迫野宏伸《さこのひろのぶ》の自宅を訪ねると、当時の松山をこう評した。

「松山さんも原爆で家族を亡くされていたので、復興に凄まじい執念を持っておられましたよ。松山さんの作品には、強烈な〝郷土愛〟が息づいていました。だからカープに対してもそうだったんです」

同じ1958年、松山の病院の近くに運命的ともいえる建物ができる。それは、のちに『世界の鉄人』と呼ばれた衣川祥雄《きぬがわさちお》や、米ドジャースに渡る前山健太まで、五十三年もの間、カープの独身寮として若鯉らを育てた『三篠寮《みささりょう》』であった。松山は、復興のシンボルとして市民のよりどころになっていたカープに深い愛情を抱き、自らチームに嘱託医《しょくたくい》を買って出ると、すべて無料で検診を行い、夜中でも選手に急患が出れば往診に駆けつける〝無料のチームドクター〟として飛び回った。さらには、選手らに請われ、投球や打撃フォームの撮影にも協力。ほとんどの選手が生まれて一度も自分のフォームを映像で見たことがなく、資金も乏しいカープにあって、そのフィルムはありがたい財産となった。無論、撮影に使うフィルム代もすべて松山の自腹、その費用は家が二軒は建つほどまでになったが、彼のテープが回転を止めることはなかった。

取材に応じてくれた松山の次男・博雄《ひろお》は、懐かしそうに語った。

「母親も医師だったんですが、ウチは母親が稼ぐ人、父親が使う人でしたね。でも母親は、一度も文句を言うことなく父親の活動を見守っていたし、父親は父親で、〝後世に残さなければいけない〟という責務みたいなものが胸に宿っていたんだと思いますね」

〝凄まじい執念〟と称された松山の郷土愛は、人類初の被爆都市〝ヒロシマ〟にも向けられた。１９６７年（昭和42）には『宮島』の愛称で親しまれる世界遺産・『嚴島神社』を描いた8ミリ作品が、カンヌ国際アマ映画祭で銀賞を受賞。その翌年には、原爆をテーマにした作品が、パリ国際コンクールで一位に輝き、１９７４年（昭和49）には、同じく原爆と真正面から向き合った作品で、再びカンヌで銀賞に輝いた。

世界で名声を得た松山。しかし、彼のカープ愛、広島愛は寸分も変わることはなく、歓声とどろく球場で、ざわめく街の路傍で、一心不乱にその大きな黒目のレンズで故郷を見守り続けた。

　選手と市民の姿を撮り続けること実に十七年……。

松山らの献身に支えられたカープは、ついに悲願の初優勝の時を迎える。

1975年（昭和50）10月15日17時18分――。広島東洋カープ初優勝。

その瞬間、松山ら鯉城エイト倶楽部の男たちは、試合だけでなく、焦土から復興して見せた「ふるさとを収めたい」と、市街地に出て、沸き立つ市民、泣きじゃくる市民らの姿を必死でとらえ続けた。興奮のあまり震えるカメラを、懸命に堪《こら》えながら……。

その後、松山博樹は、全国のアマチュアカメラマンを束ねる連盟の副会長を務めるなど活躍し、八十二年の人生を全うするまでカメラを愛し続けた。そんな松山が、晩年、映像人生の集大成として足しげく通った場所があった。そこはやはり……広島市民球場だった。選手を撮り続けて四十二年。西暦は2000年を超え、被写体は、のちに監督となる緒形孝市、野田健次郎、海を渡りカープの名を世界に知らしめる黒川博樹ら新世代の鯉、そして熱きスクワット応援を魅せるスタンドの市民たちへと変わっていた。

晩年の父親を思い浮かべながら、次男は目を細めた。

「シーズン中、毎日のように球場に行っていましたよ。カープが遠征のときは常に携帯ラジオを持ち歩いていたし、お風呂にも防水のラジオがあってね。本当に最期の最期までカープと広島が好きだったんでしょうねぇ」


松山博樹は、その生涯の最期までカープと市民を撮り続けた。

彼の最後のカープ作品、その映像の最後に吹き込まれた言葉……

「赤ヘルは、ファンと共に、さらに強い歩みを続ける」

そのエンディングメッセージに、広島の未来を託して。

六回裏

窓に滴《したた》る結露を指で掬いながら、愛未は目の前で項垂《うなだ》れる元カレの言葉を聞いていた。広島駅からほど近い昼下がりの喫茶店。窓辺に映る角砂糖のように固まった男女は、店内の空気のように飽和状態であった。

「考え直せないかなぁ……」

もう何度目だろう、グルメリポーターの「濃厚〜!」くらい聞き飽きたセリフが、かれこれ小一時間もループしていた。別に、彼は嫌いではない。それこそ濃厚な時間をくれたし、一緒に行った映画は人生のベスト5に四本もランクインしている。だけど、もう考え直すことはない、出直すために来たのだ。愛未は、できれば見たくなかった元カレの〃もろさ〃と向き合いながら、恋愛を言い訳にして東京の職場から逃げ出した自分の〃もろさ〃を恥じていた。身内の映画館を存続させたいとはいえ、ただただ県民の皆さんに頼るばかりで自分は無職。そんな甘い考えがおいそれと通用するはずはないのだ。商店街の人たちと同じように自身も稼ぎながら復興にも携わる。その仕事とは何だろう? 経験のある化粧品関係か? それとも自分にはいまだ気づけていない天職があるのだろうか？　窓に滴る結露の道たちが、今後の人生のあみだくじのように見えた。

「ごめん、そろそろ行くね！」

にわかにバッグから財布を取り出しながら愛未は席を立った。それは、元カレと交わした最後のセリフにもなった。


市の中心部への動脈が走る広島駅南口。昨晩、舞い降りた雪が、枝の梢に白い花を咲かせているターミナルで、愛未は喫茶店の窓から見つけた黒影を追っていた。

「何であんな格好をしてんだろ……」

それは、白の世界でひと際目立つ、喪服姿に花束を携えた徳澤だった。毎週末、『笑点』の落語家と同じ間隔で見る顔。しかし今週の顔つきは、この約一年で初めて目にする横顔だった。「ピジョン座には向かわないな」直感でそう思った。愛未は一定の距離を保ち、共に広電に乗り込むと、商店街の面々の悲願でもある徳澤の謎を自分が解き明かせるかもしれないと胸を高揚させた。一体、何処へ行こうとしているんだろう……？

車窓から見える街は、フィルムのコマのように街並みを流し続ける。この冬を越えれば、都落ちから早一年。あの日に見た退屈な街並みは、そこにはもうない。ありふれた車内広告の『もみじ饅頭』にも『お好み焼き』にも『宮島』にも、きっと知られざる人々のドラマと秘史が息づいている。そう思うようになっていた。

「え……？」

ふと人垣の隙間から、数メートル隔てた場所に座る徳澤を見て、眉を寄せた。

「何で地図なんか……？」

徳澤は〝広島〟と表題された地図帳を手に、路線図を見上げていた。

「おいおい、喪服姿に地図帳に花束って……怪し過ぎるでしょぉ？」

いつもの調子でツッコミたくなる衝動に必死で探偵帽をかぶせた。

電車は的場町を南に曲がると、前方に微かな輪郭を見せる比治山を対峙した。徳澤が下車したのは、次の停留場・段原一丁目であった。

溶けかけの雪道を、黒づくめの男が比治山に沿うように南へと歩く。時に足元を気にしながら、時にやたら周囲を気にしながら。怪しいとはまさにこの男のことをいうのだろう。愛未は辞書で「怪しい」と引けば「徳澤颯吾」と明記されているのではないか？　と妄想しながら、いつ振り返るかも分からぬ男から慎重な距離をとった。

「親類の家でもあるのかな……？」まるで天職でも見つけたように、新米探偵は推理の糸を、無計画に、路線図ばりに張り巡らせていく。

……と、突然、小道を曲がった徳澤。新米は急いで後を追ったが、その先にヤツの姿はなかった。比治山の山肌に面したその道には雪なく、頼みの足跡もなかった。

「え？　どこへ消えたの……？」

愛未はしばらくの間、辺りを捜索したが、ついに黒影は見つからなかった。

「こんなことになるなら、ケーキを我慢するんじゃなかったなぁ〜」

元カレとの決別にあたり食欲とも決別した数時間を悔やんだ。


「すみません、ちょっと、お尋ねしていいですか？」

尾行を巻かれた女は、早々と探偵ごっこからも尻尾を巻き、玄関先で雪を掃いていた老女に声をかけた。喪服姿であること、徳澤颯吾という名前、三十代前後の見た目、茶髪、やたら鋭い眼……気づけば徳澤について語れることはかなり少なかった。無論、これまで幾度か探りを入れ、口裏を引こうとしたが、お箸をすり抜ける中華丼のうずらの卵ばりに簡単にはつかませない。それが徳澤という男であった。

老女は、徳澤という名前さえも知らなかった。どうやらこの辺りには親類の家もゆかりもないようだ。

「あの……変なこと聞いちゃうんですけど、この付近に、カープにまつわるものはありますか？」

残された徳澤の手がかりは〝カープ〟だけだった。しかし、一縷の望みを託したその三文字が、奇しくもまた愛未の未来の扉をノックすることになる。

「ほうじゃね、この町内とカープなら、ゆかりはあることはありますよ」

「え……？」

「まあ、今じゃあ住民のほとんどが知らない古い話ですけどねえ。昔ね、この近くにカープの監督や選手、その家族までもが一緒に暮らしとった旅館があったんよ。じゃが、カープは貧乏じゃったけえ宿賃は払えんかった。それでも時枝《ときえ》さん、旅館の女将じゃった時枝さんはね、カープを守ろうと、自分の着物や家財を売り払いながら、人生をかけてカープと向き合ったんよ」

カープの監督や家族が旅館で共同生活をしていた？　その費用をまたも市民、しかも女性がすべて負担した？　愛未はこんな場所でも知らない広島史を対面することに息をのみ、真冬のベランダの取り込み忘れたタオルのように固まった。

「そういえば、半年くらい前にも、お嬢さんのようにこの町内とカープについて聞いてきた男の人がおったねぇ。多分、同一人物じゃない？　お嬢さんが探しとる人は？」

おそらくその人物も徳澤だったのだろうと思った。しかし、なぜここへ、しかも喪服姿で来たのだろう？　その黒づくめの後ろ姿は、やがて彼女の頭の中で、いつしか目にした黒々とした文字で埋まる〝あのノート〟を想起させた。徳澤がそこまでして調べ上げる〝広島〟と〝カープ〟。その原動力は一体どこからくるのだろう？そして、またも浮かび上がった名もなき市民。時枝さんなる女性が人生をかけてカープを支えたその想いとは一体何なのだろう？　雪ははるか前にやんだはずなのに、愛未はその五体に押し潰されそうな積雪を感じた。それは、仕事とも男とも一途に添い遂げることができなかった女が感じる〝女の重み〟だった。

「昔の広島の女性は、強かったんですね……」

愛未は、背中と同じくらい重くなった口を開いた。箒《ほうき》を杖にしながら老女は包み込むように優しく微笑んでいた。

「今と比べたら強かったかもねぇ。あの頃は生きるだけでも精いっぱいじゃったけえね。中でも時枝さん、日紗子《ひさこ》さんは強かったよねぇ」

「……ヒサコさん？」

「私の高校の先輩に、佐々木日紗子《ささきひさこ》さんという方がおってね。この人も強い広島女じゃったんよ」

「……佐々木さんは、どんな方だったんですか？」

「男が立たんなら私が立つ。昔からそんな男勝りの性格でねぇ。一言でいえば〝東京でカープの優勝を一心に信じた女傑〟かねえ」

期せずして知った二人の広島の女性。愛未は、懐かしそうに、ゆっくりと想い出を紡ぐ老女の言葉に耳を傾けた。箏を握る彼女の手の甲にはケロイドの跡があった。彼女もまた、あの忌まわしい原爆を生き抜いてきた強き広島の女性なんだと、愛未は彼女の言葉をかみしめた。

■徳澤颯吾の手記より■

6　鯉を支えた強き広島女たち

【其の一、カープに人生を捧げた育ての母】

全国で増殖を続ける広島カープを愛し応援する女性たち『カープ女子』。今から約七十年前。そんなカープ女子の元祖とも呼ぶべき二人の女性がいた。

カープが誕生した翌年1951年（昭和26年）――。広島は皆実町で、アパート『御幸荘《みゆきそう》』を営んでいた塩田時枝《しおたときえ》の前に、突然一人の男性が現れ、こう言った。

「選手を置いてくれないか」

その男は、あの石本秀男だった。カープ初代監督の石本は、広島商業時代の教え子や、プロ野球を引退し喫茶店のマスターになっていた男まで、全国から掻《か》き集めた選手やその妻ら、約三十名の宿を探していた。突然の申し出に困惑する時枝に、周囲の知人たちは口をそろえた。

「カープは貧乏だからやめておけ」

「アンタが路頭に迷うことになるぞ」

彼らは必死に止めたが、時枝は産声を上げたばかりの地元球団のために、一肌脱ぐことにしたのだった。

しかし、瞬く間に助言は的中。カープからの部屋代、食費代は最初から滞《とどこお》り、常に〝チーム解散〟のうわさがつきまとった。

ところが時枝は「乗りかかった船じゃけえ、カープの一員になったつもりで頑張ろう」と、選手らのために自らの着物や家財を売っては金を作り、鯉たちの生活を支え続けたのだった。

あの本通りでカープ鉛筆を売り、御幸荘の下宿人でもあったカープOB会名誉会長の長谷部実は、皆実町の跡地を訪れ、当時の生活を振り返った。

「この広島銀行の裏に押戸の門があってね。玄関から真っすぐ廊下があって、両側に二人寝るのがやっとの四畳半の部屋が並ぶ、ウナギの寝床のような長い建物でしたね。時枝さんが我々にしてくださったことは、普通の人でしたら堪えられないと思います。金が払えないカープを大切な家財を売って食べさせた訳ですからね」

さらに時枝の息子であり、八十三歳になる英雄《ひでお》は言った。

「カープにお金がないのは市民の間では有名でした。母親はそれを知った上で受け入れたんです。そして母親は、そんなカープに対して一切悪口は言いませんでした。思い返しても一度も聞いたことがないんですよ」

御幸荘がカープの合宿所になって二年後。時枝の家計も、もともと原爆の余波を受け、柱は曲がり壁も落ちていた御幸荘自体も、ついに限界の時を迎えた。

「このままじゃ、家も土地もなくなるぞ」

「よう頑張ったが、これが潮時じゃ」

周囲の人に説得され、時枝はやっと折れた。

1953年（昭和28）11月――。時枝は、御幸荘とその土地を売り払い、その資金を元手に比治山を望む町・段原にあった『JR』の前身、通称『国鉄』の職員専用アパート『向陽荘《こうようそう》』を購入し移り住んだ。散々、苦しんだ貧困のカープ相手ではなく、天下の国鉄を相手に手堅い貸家業を始めた時枝。しかし、そのわずか一カ月後のことだった……。

またあの日と同じように、玄関先に男が現れて言った。

「時枝さん……泊めてくれないか……」

石本の後を継ぎ二代目監督となっていた白石克己だった。時枝は唇をかみ精いっぱいの言葉で答えた。

「帰ってください……。国鉄の寮だし、満員でどうすることもできないから……」

肩を落としながら去っていく白石。その後ろ姿を見つめ、時枝は深く眼を閉じた。そして、いつもと変わらぬように寮母の仕事を続けたが……また眼を閉じ、何度も悔いた。苦しい思いはしたが、瞼の裏に浮かぶのは、あの御幸荘でのカープ選手との生き生きとした日々だった。やがて、彼女は口を結び、胸に一つの答えを宿した。「私が間違っていた。もう一度カープのために、ここを合宿所として提供しよう」と。

息子・英雄は、当時の母親の心境をこう代弁した。

「カープの選手がいなくなった一カ月間は、寂しくて仕方ない様子でした。選手のことを本当の息子みたいに思っていましたからね。家計は火の車でしたが、母親はずっとカープと、大勢の息子たちとつながっていたかったんですよ」

それからカープ選手らの出入りが始まり、翌1954年(昭和29)の2月——。向陽荘は正式にカープの合宿所となった。

しかし、相も変わらずカープは貧乏球団。食費や部屋代のツケもたまりにたまった。御幸荘時代と同じように宿内の家財は日に日に消え、向陽荘の庭にあった自慢の石灯篭《いしどうろう》は、カープが遠征先から戻るたびに一基、また一基と姿を消し、選手らの生活費へと変わっていった。こうして1957年までの丸六年間、資金難のカープがようやく自立し、新しい合宿所に移り住むまで、時枝は選手らの母親代りとして生活を支え続けたのであった。

今も広島の街を見下ろす比治山。かつてその傍に、名もなき一人の女性が人生をかけてカープ選手たちを支えた合宿所があり、若鯉たちはその山を練習場代わりにして汗を流し、青春時代を駆け抜けた。

その中の一人、チーム在籍期間はわずか二年であったが、誰よりも比治山で汗にまみれ、誰よりも向陽荘に愛着を持つ河野誠《こうのまこと》はこう言った。

「時枝さんがいなかったら今のカープの姿はないと思います。私は入団と同時に向陽荘でお世話になり、野球をやめたときに向陽荘もなくなった。時枝さんは、お母さんです。青春のお母さん。あの頃、時枝さんが作ってくれたにぎり飯。今でもそれが、私の〝おふくろの味〟なんですよ」

鯉たちが向陽荘を去って十八年後。ついにカープは悲願の初優勝の時を迎える。その日、精いっぱいの御馳走《ごちそう》を並べた塩田家のテーブルには、テレビを観ながら大粒の涙をこぼし、小さくなった肩をいつまでも震わせる時枝の姿があった。

【其の二、東京でカープの優勝を一心に信じた女】

２００８年（平成20）６月28日――。前山健太がプロ初勝利を飾った十日後……。カープの明るい未来を見届けたかのように、強く、深く、激しくカープを愛した女が、その生涯を閉じた。彼女の名は、佐々木日紗子。黎明期のカープ選手らの育ての母が塩田時枝ならば、日紗子は東京の育ての母。これほどまでにビジターでカープを愛した女性は存在しないかもしれない。

１９４５年（昭和20）――。十八歳のときに爆心地から1・9キロ離れた自宅で被爆し、母親と二人で家の下敷きとなったが一命をつなぎ留めた。五年後、父親を原爆症で亡くしたが、同じ年に誕生したカープに愛着を抱き『たる募金』に生活費を投げ入れ、平和活動にも励んだ。

大学卒業後、アテもなく単身上京した日紗子は、女性編集者さえ稀有《けう》だった時代にあって、二十八歳にして、雑誌『酒』を創刊。莫大《ばくだい》な赤字を抱えながらも、以後、休刊するまでの四十二年間で500号あまりを世に送り出した。

ようやく仕事が落ち着き始めた頃、日紗子は故郷の球団への愛着を再燃させ、後楽園球場へと観戦に出向く。しかし当時のカープは「太陽が西から昇ることがあっても絶対にカープが優勝することはない」と揶揄《やゆ》されていた時代。球場に行くたびに「田舎者」「貧乏野郎」「くたばれ」などと罵声《ばせい》を浴びせられた。選手もファンもグラウンド内外で冷遇されている現状を目の当たりにした日紗子は、「強くなるためには応援せにゃいけん！」その一心で、1966年（昭和41）、広島県出身の文化人を中心に『広島カープを優勝させる会』を旗揚げする。無論、カープは万年Bクラスの弱小チームであったが、日紗子は「茶番だ」と失笑されればされるほど怒りを声援に換え、生涯の正装だったトレードマークの着物姿でスタンドから宮島のしゃもじをたたき、試合が終わると「東京に来たときくらいは巨人の選手に負けん待遇をしちゃらないけん」と、身銭を切っては選手らに夜な夜な御馳走を振る舞った。

当時をよく知る、元広島カープ監督・阿南準一朗《あなんじゅんいちろう》は、日紗子についてこう語った。

「彼女を一言で表すとしたら『女傑』、怖いもの知らずの女性でした。東京に隠れカープファンはいましたが、声高に言えなかった時代。それを引っ張り出したのが佐々木さんでした。やはり僕ら選手は田舎者だったんです。けれど、そういった感覚を払拭しないと強いチームにはなれないと、教えてくれたのも佐々木さんでしたね」

そして『世界の鉄人』と呼ばれた衣川祥雄も、彼女の名前を告げると目を細めた。

「毎年、都内のホテルに、文化人や財界人を大勢集めて応援パーティーを開いてくださってねぇ。本当にエネルギッシュな方で、周囲の男性を束ねている感じでしたよね」

日紗子は、わずか三歳で酒をたしなみ、幼少期は男の子に混じって草野球のキャッチャーとして活躍した。そんな周囲を惹きつける豪快な性格や言動は大人になっても変わらず、カープ必勝祈願のために目黒不動尊で滝にも打たれたほどだった。また、試合の前夜はカープの選手だけでなく、翌日に対戦する敵チームの選手らも酒宴に招いた。そして、カープの選手への晩酌は控え、相手選手には何度も何度もお酌。自らが得意とする〝酒〟で足腰を弱らせ、次のゲームを本気でモノにしようとする豪快かつ痛快な広島女でもあった。

『優勝させる会』発足から九年。日紗子は、前年までカープは三年連続最下位にもかかわらず「今年はカープ優勝、巨人最下位」と公言。「巨人は所帯じみた選手が多くなってヒップが下がってきた」と女性らしい目線で、山本浩司《やまもとこうじ》、衣川祥雄らが台頭してきた若いカープと、V9を支えた『ミスタージャイアンツ』・長嶋茂輝《ながしましげてる》や『世界のホームラン王』・王真義《おうまさよし》らがベテランとなった巨人の戦力を読み解いた。

そんな1975年（昭和50）10月——。日紗子の予言は的中。〝太陽が西から昇ることがあっても優勝することはない〟と言われ続けた広島カープは、東京で、最下位に沈む巨人の目の前で、セ界の頂へと昇った。

その夜、行われた歓喜のビールかけ。日紗子は、その場所に招かれ、この世で最も愛してきたカープとお酒にまみれた。そして、誰からともなく選手らは彼女を胴上げした。それはまさに感謝の胴上げであった。

あの悲願の初優勝を想い出しながら、阿南元監督は言った。

「佐々木さんは、私たちを精神的に後押ししてくれました。〝ジャイアンツが何だ〟という気持ちにさせてくれたのは非常に大きかったですし『優勝させる会』という存在も、今日のカープを創り上げていくのに非常に大きな存在でしたね」

旧広島市民球場がその歴史を閉じた年。佐々木日紗子も八十一歳の生涯を閉じた。楽しみにしていた夢の器《新球場》をその目に映すことなく……。鯉に恋し、生涯独身を貫いたまま……。

彼女にとって人生とは何だったのか？　あの初優勝の祝賀会のインタビューで、彼女はこんな言葉を残していた。

「生きるということは、決してあきらめないこと。今日は、残りの人生の最初の一日。何があっても、あきらめないことなんです」

強き鯉の先人が残した言葉。

その魂は、今日も、そしてこれからも受け継がれていくはずだ。

七回裏

豆腐屋の水音。魚屋の氷のざわめき。洋食屋の包丁のしらべ。そして買い物客の笑い声。音さたのなかった商店街は音であふれている。うららかな陽気が包み込む日曜の昼下がり。石垣と松島は音符のように跳ねながら、この復興の音頭を取っているピジョン座のロビーへと参じた。

「お疲れさま。じゃあ次は、ワシらが本通りに行こうか」

「ヨシヒコも行くか?」

「うん!」

ソファから立ち上がる米川と杉内親子を、カウンターから愛未が制した。

「ちょっと待って。みんなに報告したいことがあるの」

「報告って〜?」

ヨシヒコが、精いっぱいの伸びをしてカウンターをのぞき込む。

「うん。今朝ね、この計画を始めてそろそろ一年だから、これまでに集まったお金の計算をしてみたんだよ」

立ち上がった愛未の服からボロボロとこぼれ落ちる菓子パンのカスを見ながら、ハトたちはニヤついて言った。

「今朝って、愛未はレイトショーで働き詰めじゃったろ?」

「何があったか知らんが、最近、俄然《がぜん》やる気が出てきたのう」

「夜通し『たる募金』の集計をしとった石本監督みたいじゃわい!」

ドッと沸き起こった笑いに、テラゾーの柱に寄りかかり、うたた寝をしていた奥崎老も目を覚まし、愛孫の頼もしい姿に相好《そうごう》を崩した。


確かに愛未は変わった。キッカケはあの比治山で聞いた〝鯉のはなし〟にほかならなかった。日紗子さんのように男たちと同等にわたり合い、時枝さんのように生涯をかけて一つの仕事に打ち込んでみたい。吹きだしたその想いの先にあったのが、ひいおじいちゃんと祖父が守り抜いてきた、このピジョン座だった。年齢や深夜営業を考えると、この先、祖父が館主を務めるのはきっとつらくなる時期がくる。ならば自分が懸命に仕事を覚え、いつかは祖父に認められて三代目を継ぐことはできないだろうか？　冬場、愛未の胸に生まれたその種は、やがて芽吹き、五体にしっかりと根をめぐらしていったのだった。

「ええっと……どの紙にまとめたんだっけな〜？　あっ、ちなみに、白鳥パンとかハクチョウゲとか、ロビー販売してきた商品の売上げは、月ごとに皆さんに配当しているので除外したからね〜」

松島は、愛未が手にしている大量の広告チラシの裏にビッシリと書かれた数字を見ながら、以前、徳澤が言っていた、ペン一本や封筒一枚までを倹約していたカープの話を思い出し、微笑した。

「じゃあ、発表するね！　ピジョン座への街頭募金、商店街グッズのティッシュケースの売上げ、レイトショーの収益、緞帳などの広告収入、もろもろ合わせて合計は６１４万８６８２円。だけどそこから、映画フィルム代、グッズ製作費、映写技師の中元さんのお給料、そのほかの諸経費を差し引くと、実際の合計は４０２万６４３２円だね」

面々は喜びと市民への感謝をかみしめた。デジタル映写機の値段にはまだ遠く及ばないし、自分たちの生活もいまだ苦しい。しかし、忘れ去られたピジョン座の復興を起点に、忘れ去られた商店街にも客足が伸び始めている。それは商いに殉じる男たちにとって、何よりの充実感であった。

「だけどね……」

にわかに顔を曇らせる愛未に、一同は戸惑った。

「集計は確かに４０２万円なんだけど……金庫には３００万円くらいしかないんだよね……」

「はあ?･?･」

男たちは顔を見合わせた。毎月の募金やグッズの売上金などは、ピジョン座の二階、奥崎老が寝泊まりしている部屋にある金庫に大切に保管されていた。入金するのは、その月の最後に本通りの露店に立った二人。月締め当番となった二人が売上げを集計し、入庫する案配で〃白鳥商店街の仲間〃という暗黙の絆のもとに、金庫の合鍵は奥崎老と、ヨシヒコを除く〃七人の侍〃が握っていた。

「ひゃ、１００万円が消えたっちゅうんか……？」

「何でじゃ？　誰かに盗られた言うんか⁉」

身を寄せ合い長い冬を耐えてきた白鳥たちは、やにわに首をあげ、両翼を反りたてるように眉を上げ、じりじりと互いを見合った。突如、緊迫した空気が張り詰めるロビー。その状況を察し、パーマ頭を掻きながら杉内がヨシヒコの手を引いて表へと出そうとした。そのときだった。

「やだなぁ、そろいもそろって辛気くさい顔してぇ、お通夜でもやってんすか？　あっ、それを言うなら僕かぁ〜」

入口から現れたのは、喪服姿の徳澤だった。

「随分、久しぶりじゃねえか、徳澤」

石垣が焦げついたパンのような顔で進入をせき止めた。愛未はその口調から彼が徳澤に疑念を抱いていると感じた。そして図らずもそれは、今朝、金庫の事実に気づいたとき、自分も抱いてしまった感情でもあった。

「ワシらには〝店のユニフォームで募金を呼びかけろ〟なんて言っといて、君だけはビシッと決めて高みの見物か？」

石垣も、そして愛未も、心の底ではこれまでの徳澤の発案や扇動に感謝していたが、それを直接は口にできない不可解な言動や謎を、いまだ徳澤は秘めていた。

「あれあれ？　本当にお通夜みたいじゃないですか？　いやね、顔が広いんで週末は冠婚葬祭が立て込んでいましてねぇ。あ、もちろんピジョン座のことは忘れていませんでしたよ？　月に一・二回はアニメを観に来ていましたし、僕が助言した『エイト倶楽部』の好評ぶりも、この目で確かめに来たこともありましたから。ねえ、奥崎さん？」

「ええ、徳澤さんはやっぱり先見の明があられますわい、ほんまにありがとうねえ」

奥崎老は和やかに言ったが、その言葉は、松島のいつにない語気に消された。

「徳澤君、君は金庫の場所を知っとるんか？」

「や、やめなよ松島さん！」

愛未は思わず、松島の豚骨臭いシャツをつかんだ。

「いいの徳澤さん、忘れて、こっちの問題だから」

そして慌てて、松島と徳澤の間に分け入ったが、一瞬、ロビーに張り詰めた空気と同化したように見えた徳澤の顔は、みるみる緩み、やがてヘラヘラとのたまった。

「金庫ですかぁ〜？　あの二階の金庫ねぇ〜」

かつての復興金ドロ容疑者が見せるその態度に、一同は戦《おのの》いた。

「もしかして、お金がなくなってましたぁ？」

「と、徳澤さん……」

愛未は狼狽《うろた》えた。奥崎老は目を閉じた。だが、徳澤はせせら笑っていた。

「いやぁ、バレちゃいましたかぁ～。そうですよ、僕が盗ったんです。レイトショーついでに奥崎さんの顔を見に行ったらグーグー寝ちゃってたんで、つい魔が差したというかね。僕、ちょっくらお金に困ってましてねぇ。言うなれば結成時のカープってとこでしょうかねぇ」

乾いた音が館内に木霊した。その音に奥崎老が目を開くと、愛未の平手が徳澤の頬を貫いていた。

「落ち着け、愛未ちゃん」

今度は松島が二人の間に分け入った。

「そのお金が何だか分かってるの？　市民の皆さんの善意のカンパなんだよ⁉　それに手を出すなんて、アンタってそんな人だったの⁉　言ったよね？〝本気だ〟って！　その本気がコレだったわけ？　ちょっとでも信じた私がバカだった！　アンタなんて見損なったわ！」

よろめいたのか、ひょうひょうとしているのか、徳澤はなおも笑っていた。

「へえ、何だか逞《たくま》しくなったじゃん。その意気ですよ。身銭を投じてくれた方々の気持ちを常に考える。それを忘れなければピジョン座は大丈夫さ」

「いいから出て行って！」

徳澤は振り返りもせず、ロビーの外で聞き耳を立てていたヨシヒコの頭にポンと触れて去っていった。


ざらざらとした重苦しい空気が中空を漂う映画館。奥崎老が次の言葉を発するまでの時間が、彼らには映画『ベン・ハー』ばりに長く感じた。

「皆さん、ワシが不注意じゃったばかりに、とんだご迷惑をおかけしましたのぅ。なくなったお金はワシが何とかしますけえ、どうか許してもらえんじゃろうか」

男たちは、壁、柱、ソファ……それぞれに身を委ねながら聞いていた。無論、奥崎老が身を委ねる金の窓口など、何処にもないことも知っていた。やがて……、何処からともなく、すすり泣く声がした……。

「みんな、すまん！！」

突として、ロビーに両手両ひざをつき、男が首《こうべ》を垂れた。それは花屋の米川だった。

予期せぬその行動に、誰もがあぜんとしたが、石垣はハッとした。「まさか……」。

米川は声を震わせながら言った。

「ワシなんじゃ、ワシが盗ったんじゃ！」

「え……」

愛未は身じろぎ一つできなかった。

「徳澤君はやっとらん、全部ワシがやったことなんじゃ！」

「それ、どういうことじゃ、米川さん⁉」

気づけば杉内が胸倉をつかんでいた。

「店が限界なんじゃ……。この半年、どうにかやりくりしてきたが、ついに立ち行かんようになってしもうた……　親戚中に頭を下げたんじゃが、万策が尽きて……カミさん、カミさんだけには言えんかった……。じいさん！　みんな！　本当にすまん！　大した銭にはならんが、ワシは店をやめて金を作るけえ！　それで、それで堪えてくれえ！　頼む！」

顔を上げた米川には、額紫陽花《がくあじさい》のように涙の露《つゆ》が滴っていた。石垣はその雫《しずく》を見ながら、若い頃に自宅の二階から眺めた、あの汗水を流して働く米川夫婦の姿を思い浮かべた。この男が仕出かしたことは決して許せるものではなかったが、男たちはそれ以上、彼を糾弾《きゅうだん》しようとはしなかった。これまで何人もの仲間がシャッターを閉じ商店街から去っていった。最後は誰もが笑って手を振ったが、心の奥では泣いていたし「次は自分の番じゃないか」とおびえてもいた。そんな残された仲間の肩をたたき鼓舞してきたのも、この眼下にうずくまる米川だったからだ。

「米川さん、アナタらしゅうないけえ、顔を上げてくださいや」

奥崎老は優しくその肩をたたいた。

「アナタはやりたくもない募金のリーダーを引き受けてくださって、一年間、ウチのために頑張ってくれました。米川さんは悪うない、米川さんは被害者なんです。

それにのう、ワシがここを閉めると弱音を吐いたとき、アナタは〝できることは何でもする〟〝あきらめちゃあいけん〟と言ってくださった。今日のピジョン座があるのも、米川さん、アナタのおかげなんです」

その言葉に、米川の頬をさらに大粒の雫が滴った。杉内は米川を抱き起し、静かにズボンのひざをはたき、石垣はそっと白鳥ティッシュケースを差し出した。

順調に思えた復興の道のりで出くわした〝現実〟というザラついた壁に、再び長い沈黙が訪れた。やがて愛未が、じんとした痛みが続く手のひらを見つめながら呟いた。

「でも、なぜ……あの人は、自分がやったなんて言ったんだろう」

それは、誰もが頭の中で考えていたことだった。

「米川さん、何か心当たりはないんかのう？」

ずっと米川の肩に手をかけたままの奥崎老が尋ねた。

「分かりません……。ただ……カミさんから聞いた話なんですが……ここ最近、彼がよく喪服姿で花を買いに来ているとは……」

それは、今しがた見せた身なりであり、いつかの比治山で、愛未が見た姿でもあった。しかし、それが米川の罪をかぶろうとしたことと、何の関係があるというのだろうか……。

「これは推測の域を出ないんじゃが……」

松島がロイドメガネを上げながら口を開いた。

「彼は、何度か米川さんの店に行くことで、それとなく店の経営が芳しくないことを察していたのかもしれん。花屋は華やかに見える商売だけに、店のレイアウトに経営状態が映えやすいからね。そして、もし仮に徳澤君がこの映画館と商店街をカープになぞって復興させようとしているのならば、まさか彼は、あえて身代わりになろうとしたんじゃないかのう」

カープになぞって……？　あえて身代わりに……？　愛未も男たちも、松島の次の言葉を待った。

「最近、元同僚から届いた古い記事の中にあったんじゃが、かつてカープは、ファンの横暴が原因で他球団の選手に大ケガを負わせ、試合をボイコットされる窮地に立ったらしい。言わば、復興を支えてきた広島人の気骨が、今度はカープの首を絞める原因になったんよ。じゃがね、そのとき〝ここでカープを終わらせたらいけん〟と、市民が身代わりとなって出頭したとあったんじゃ」

「徳澤は、それを知っていて、咄嗟に罪を……？」

石垣は白鳥パンのように顔から血の気を引かせた。

「だから、あくまで推測じゃがのう」

にわかに愛未がロビーの入口へと駆け出した。

「ど、どこへ行くんよ、愛未ちゃん？」

「私、追いかける」

まだそんなに遠くへは、行ってないはずだった。

「じゃが、行き先も分からんじゃろ?」

「あの人は、きっと広島駅に現れる」


愛未は走った。まばらではあるが一年前とは明らかに違う商店街の買い物客の中を。魚屋のざわざわとした氷の音を耳に、花屋の中で所在なく佇む米川の奥さんを横目に。照りつける日差しが徹夜明けの眼に染みたが、愛未は駆け抜けた。「きっと広島駅に現れる……」何一つ確信はなかったが、あの冬の日に喫茶店の窓辺で見た姿と、電車内で見た地図帳。その二つが脳裏で交錯した。「きっとどこかの街からやって来てるんだ……」

徳澤に謝りたい。何度でも。そしてできれば、散り散りになりそうな白鳥商店街に力を貸してほしい。「あの人が必要なんだ……」手のひらの痛みは、今や、感情に身を任せ軽率な行動に出た、自分のイタさとなって倍がけで押し寄せてきた。

愛未は、徳澤を見つけた喫茶店の前に立ち、ターミナルに目を凝らした。しかし、彩り豊かな衣服が行き交う日曜の駅だったが、黒づくめの男は容易には見つからなかった。

しばらくすると、愛未の後を追ってきた米川が、まだ頬を濡らしたまま、もう一度、首を垂れ、無言で横に加わった。

二人は人波を凝視し続けた。やがて、行楽帰りの人々の波は途切れ始め、空は、映画館の帳《とばり》が降りるように夜を連れて来た。

そして……。夜は、黒づくめの男も連れて来た。

午後七時過ぎ——。広島駅には、深々と頭を下げる愛未と米川。そして、のらりくらりと会話をすり抜けながら、やはりニヤニヤ笑う徳澤の姿があった。

「やばいねぇ、白鳥は〜。でもまだここから。まだゲームは終わってない。この先は全員野球。それしかないですからね」

徳澤はそう言い残すと、二人におごらせた駅前のパン屋のデニッシュを頬張りながら構内へと消えた。

「どこへ帰るのだろう……」愛未はそれ以上、詮索することはやめた。

閉店準備を始めた駅前の花屋には、母の日の訪れを告げる真っ赤なカーネーションが咲き誇っていた。

徳澤颯吾の手記より 7

カープの未来のために身代わりになった男

球界屈指の熱き応援で知られる赤き大群。カープは、ファンに支えられ約七十年の時を重ねてきた。しかし、鯉を愛するが故に、球団を支えるはずのファンが、ときに球団を存亡の危機にさらすこともある。

1999年（平成11）――。二十世紀最後の年、広島版の新聞に球団史に眠っていた世紀のミステリーの謎に迫る、こんな見出しが躍った。

「犯人名乗り出ず　身代わり出頭　球団の窮地救う」

あの事件から実に四十三年……。家族にさえも、自分が〝身代わり出頭〟だと告げずに生涯を閉じた、二人のカープファンの真実が初めて白日の下にさらされた。

市民球団として誕生したカープは、その名が示すように熱狂的な市民によって支えられてきた。しかし、創設七年目の1956年（昭和31）5月20日。その球界を揺るがす事件は起こった。ホームに巨人を迎えてのダブルヘッダーに臨んだカープは、あのフィリピン遠征でも活躍した長谷川亮平、備後喜雄の両エースを立てたが、両試合とも完敗。この結果に、球場を埋め尽くした県民は失意に沈んだが、一部の熱狂的なカープファンのフラストレーションが爆発し、試合終了直後、スタンドからビール瓶が投げ込まれた。あにはからんや、ビール瓶はベンチに引き上げていた巨人の投手・木戸美樹《きどみき》の右足に命中。衝撃で割れた破片で、ひざ下を裂傷する大ケガを負わせてしまったのだ。

これを受け、以前、カープファンに監督が暴行を受けたこともあった巨人軍は、態度を硬化させ「犯人を出さない以上、二度と広島でゲームはしない」という声明を発表。この事態にカープは、球団社長が上京し、巨人のフロントに謝罪。さらに、のちに総理大臣となる池谷勇人《いけたにはやと》ら在京の広島出身の政治家たちも仲裁に乗り出したが、解決には至らず、カープは次第に球界から孤立……。巨人が要求する犯人も、いまだ不明のままだった……。

そして事件発生から三週間。犯人さえ捜し出せないカープは、ついにセ・リーグ脱退を迫られ、その直前まで追い込まれていった。が、しかし、事件発生から二十四日後の6月13日。突如、球団事務所に二人の男が現れ、こう言い放った。

「ワシらがビール瓶を投げたんじゃ」

「じゃけえ、犯人として捕まえてくれ」

彼らの名は、宮脇雅史《みやわきまさし》と坪井芳樹《つぼいよしき》。共に当時の球団事務所から程近い鉄砲町に住み、宮脇はラーメン屋、坪井は焼き鳥屋台を経営していた顔見知りの間柄で、二人ともカープを支えるために『たる募金』やビラ配りなど、やれることは何でもやってきた熱きファンだった。そう……彼らは、球団の窮地を知り、カープを救いたい一心で「カープを残すためならワシらが犠牲になろう」と、家族には何も伝えず〝身代わり出頭〟を決意したのだった。

二人について、宮脇雅史の娘はこう語った。

「父親は、普段は無口で寡黙《かもく》、どちらかというと怖い人でした。坪井さんは親分肌でね、同じ町内だったので、子供の頃はよくかわいがってもらいましたよ。でもね……父親があの事件の犯人だと知ったときは驚きました。学校の授業中に、兄と私だけ呼び出されてね、お父さんが捕まったから下校するように言われたんです。それはもう幼心にショックでしたよ……」

広島西警察署は、二人に事情聴取を行った。「当たったかどうか分からないが、とにかく瓶を投げた」その供述をもとに現場検証も行ったが、二人が投げた瓶が当たったかどうかは疑問であるとして、刑事事件にはしなかった。おそらく警察も、彼らが身代わり出頭であることはうすうす感じていたのだろうと、当時の球団関係者は振り返った。

宮脇と坪井の出頭で、巨人側も態度を軟化させ、再発防止とファンへの指導を条件に広島での公式戦再開を承諾。二人の市民が〝人柱〟になったおかげで、カープは最悪の事態を免れたのだった。その後、球団は二人のカープ愛に深く感謝し、選手たちは誰からともなく、宮脇のラーメン屋や坪井の屋台に顔を出しては「ごちそうさま」の言葉の中に万謝の念を込めた。

カープは球界にとどまることができ、宮脇と坪井は不問に付された。これで誰の目にもすべては解決したかのように思えたが、二人は違った。「真実をしゃべれば、球団に恥をかかせる」と、その後、家族にさえも〝身代わり出頭〟であった真実を一切口にせず、犯人として生きたのだった。

宮脇の娘はこう付け加えた。

「1999年の新聞を見て、初めて知ったんです。身代わりになって警察に出頭したってことは、私たち家族は全く知らなかったんです。多分、父親のことですから、家族に言わなかったのは、黙っていても良いことは黙っていても良い。そういった美学を持った広島男児だったんです」と。

二人は、その後も犯人として生き続け、坪井芳樹は1987年（昭和62）8月、八十四歳で。宮脇雅史は1998年（平成10）3月に八十三歳で天寿を全うした。そして、宮脇の死から一年後。新聞によって、犯人の汚名を着た男たちが、球団の窮地を救った義人であったという真実が初めて公になった。

それは二人が犯人となってから、実に四十三年の歳月が流れた日のことであった。

八回裏

「今日も一日ご苦労さんじゃったのう」

「ご出勤ですか中元さん、ご苦労さまです」

紅柘榴《べにざくろ》が染み出したような夕空に、熱く甘い夏を含んだ雲が浮かぶ、週末の商店街。映写技師の中元は、閉店準備をしている花屋の前で足を止めた。

「お話は聞いているでしょうが、その節は、大変、大変ご迷惑をおかけしました！」

萎《しお》れた花のように頭を下げる米川。あの日から一週間、商店街には彼の深謝《しんしゃ》の花が咲き乱れていた。

「なあに、ワシはただのフィルム回しじゃけえ、詳しいことは知らんよ。店を続けてくれていたこと。それだけでワシはうれしいわい」

中元は、ぶっきらぼうに年季の入ったランニングの隙間から太鼓腹を掻いた。

「徳澤君に、お詫びを入れたら〝三つの条件をのんだら許します〟と言われ、その一つが〝店を続けること〟だったんです」

「あと二つは何ねえ？」

「〃アニメ映画をおごること〃〃毎週デニッシュをおごること〃です」

「でにっしゅ？　新種のチリ紙か？」

「いえ、パンとパイの合いの子というか……その、花でたとえると……」

「花だと余計に分からん」

「ですよねぇ……」

想像していたよりも血色が良さそうな米川の表情に、中元は数本だけになった歯を見せながら破顔し、店先でひと際目立つ、それを指して言った。

「ほう、もう向日葵《ひまわり》が並ぶ季節かいのう」

「はい、これくらい小ぶりなものは、今では一年中お買い求めいただけます」

「昔『ひまわり』というイタリア映画があってのう。悲しい作品じゃが、ワシは好きでのう」

「私も思い出の作品です。カミさんと初デートしたときに、東宝塚劇場で観たんですよ」

「東宝塚なら、それを流しとったのはワシじゃい。もしやワシは二人のキューピッドかもしれんの〜！」

前歯はおろか、のどちんこを開帳して呵々大笑《かかたいしょう》した。

「長年、花屋をやっていますが、向日葵は好きな花ですね。華やかだけど影がある、花屋みたいなヤツなんで」

「ほう、影があるとは？」

「向日葵は、東から西へ太陽を追いかけながら咲きます。まるで眩《まばゆ》い〝夢〟を追いかける若者みたいに。でも、成長すると太陽を追いかけることをやめ、東を向いたまま動かなくなる。何だか、夢を追いかけなくなった私たち大人みたいじゃないですか」

角刈り頭に似合わぬその言葉に、中元は微笑んだまま静かに答えた。

「それでええじゃない。夢を追いかけなくなっても、隣を見れば同じ方角を一緒に見る大人。奥さんがおるじゃない。同じ景色を見る人がいるってことが幸せなんよ」

黙って閉店準備をしていた米川の妻が、遠くから言った。

「だから向日葵の花言葉は〝あなただけを見つめる〟なんですかねぇ」

米川は、東を向いている向日葵の鉢を眺めながら、その言葉をかみしめた。

「じゃあ、ワシは仕事に行こうかのう」

「後から伺います！」

ボロのランニングを夕日色に染めたその背中を、米川は見送った。

「中元さんも、奥崎のじいさんも、奥さんに先立たれて、今は独りなんだよな……」

米川はもう一度、深々と後ろ姿に頭を下げた。店の奥から聞こえる
「いつまで油を売っとるんね、早う片づけんさい」

そんな妻の小言をありがたみながら。


　米川がピジョン座の扉を開けた頃には、商店街のアーチに描かれた白鳥は黒鳥へと姿を変えていた。

「おっ、盗っ人が来たぞ」

手荒い歓迎をする石垣の存在が、米川にはうれしかった。レイトショー前の館内のロビーには『八人の侍』に加え、豆腐屋、八百屋、自転車屋、整骨院、スナックのママなど、商店街の仲間がズラリと顔をそろえ、私服姿の徳澤を中心に何やら談笑をしていた。

「米川さん、アナタのおかげで、心強い味方がさらに増えましたわ」

奥崎老はうれしそうに顔を綻《ほころ》ばせた。例の一件で、米川は『白鳥ティッシュケース』に出資してくれた全商店街の家族に詫びて回った。それまで復興計画に一定の協力しかしていなかった店主たちは、米川が包み隠さず胸の内を吐露したことで、すべての実情を知り、以前よりも前のめりで〝復興の輪〟に入り込んでくれたのだった。

「みんな、ありがとう……」

また頭を下げる米川。昔に比べて寂しくなった後頭部を見ながら、幼なじみでもある面々は、まるで秘密基地に隠したタイムカプセルを開ける前のように、顔を見合わせてニヤついた。

「僕はまだ許しませんよ～。アニメと毎週デニッシュをおごってもらうまではねぇ」

「いいから、その続きを教えてよっ」

よそ見をする小学生を窘《たしな》めるように、愛未が徳澤の肩を小突いた。

「まぁ、要するにですねぇ。僕に言わせれば、今は八回裏。白鳥商店街はここまで弱小の集まりでありながら、なかなかの好ゲームを演じてはきましたが、お花屋さんのタイムリーエラーで逆転されちゃいました」

「言葉を選びなさい言葉を」

さっきよりも強めに小突く。

「んまぁ、そんなゲーム展開ですが、まだ勝機はあります。ここからは全員野球。しかも足を絡めた広島カープっぽい野球で、さらなる奇襲に打って出ます」

「まだ何か策があるんか、徳澤君？」

「なになに？　ぶり楽しみじゃん！」

杉内とヨシヒコの親子が、徳澤のお株を奪う眼力でがぶり寄る。

「ズバリ言うとですねぇ〜。ピジョン座の二号館を造ります！」

「はあ⁉」

この期に及んで新たにもう一館オープンするだと？　愛未も、今や大群となった白鳥たちも、声を荒げ異を唱えようとしたが「待て、とにかく聞こう！」という松島の言葉に羽を収めた。

徳澤は立ち上がり、ロビーを闊歩《かっぽ》しながら続けた。

「ご存知の方も多いでしょうが、経営難だった頃のカープは、選手たちが旅一座のごとく県内各地を行脚して寄付金を呼びかけました。それをお手本に、ただ待つだけでなく、ピジョン座もこちらから外に出て行くんです！」

「出て行くって、まさか駅前や本通りに二号館を……？」

石垣がコロネのように顔と首をヒネリながら聞いた。

「いえいえ。一つの場所にとどまらない移動映画館です！」

「い、移動映画館⁉」

「そうです。広島には、残念ながら多くの利用者から〝遠い〟と言われている広島空港があります。市の中心部から一時間近くかかるこのルートに『移動映画館シャトルバス』を走らせるんです！」

何という奇策だ……。愛未は強気なその眼を見ながら、熱くなっていく自分の体を震わせた。確かに広島空港は、あらゆるアクセスを用いても一時間近くかかる場所にある。その時間を使って短編作品を流すのは理にかなっている。が、しかし……。

「バス会社に、業務提携を申し出るってこと？」

火照る体に耐えきれずに問うた。

「申請してみる価値はあるし、もしダメなら、しかるべき手続きをとって商店街が運営すればいい。今、ピジョン座にある３００万円でバスを買ってね！　そして……」

徳澤は一層、眼に力を込めた。

「そのバスの中で米川さんは花を売る！　空港は花を贈る場所でもあるので、きっと繁盛すると思いますよぉ～」

米川は耳を疑った。そして、徳澤が自分を許す条件として、なぜ「店を続けろ」と言ったのか、その答えを得たような気がして熱いものが込み上げた。

「徳澤君……それでワシに……」

しみったれた米川のセリフを振り払うかのように徳澤は続けた。

「それだけではありません！　現在、シャッターを下ろしている商店街の空き店舗を一般開放し、格安で貸し出します！　古臭い商店街の組合意識なんて取っ払って、スイーツ作りが好きな主婦、服作りが好きな大学生、何だったら商業高校の研修の一環に利用してもいい、新たなお客さんの流れを作るんです！」

「それは助かるかもしれん。ワシの店の両隣は空いとるけえ、寂しいんじゃ」

自転車屋がそのアイデアに深くうなずいた。

「でしょでしょ？　名案でしょ？　あとね、せっかくピジョン座は深夜営業をしているんだから、ナイトバーゲンとか、深夜タイムサービスとか、そんな大胆な試みも面白いと思うんです」

「徳澤君、それはムチャがあるでよう。チェーン店ならまだしも、個人商店には人手に限界があるんで？」

杉内がパーマ頭を揺らしながら首を振る。

「そう、皆さんの仕事は傍から見るよりはるかに忙しい。店頭に立っているだけが仕事ではなく、仕入れ、仕込み、配達、営業、新商品開発と働き詰めでしょう。しかし、パン屋の石垣さんや豆腐屋さんが早朝に起きて仕込みを始める頃、スナックのママが眠りにつくように、業種が違うからこそ働く時間帯も違う。それが商店街の強みでもあるんですよ！」

今度は何を言い出すつもりなのか？　愛未だけでなく白鳥たちは水を打ったように静まりかえり、ロビーに湖のように広がった。

「これから白鳥商店街は一つの会社のようになりましょう！　人手が足りないな

ら、自分の仕事が空いた時間を使って、各々が他店舗をサポートする！　たとえば配達は、同じエリアなら共同配達をしてもいいし、極端に言えば、毎朝トラックで市場に仕入れに行く魚屋、八百屋、花屋さんは、同じトラックで共同搬入をしてもいいんです！」

「まさか、それもカープが……？」

愛未は平静を装っていたが、胸中では羽をバタつかせていた。

「ああ、昔のカープ選手はね、重いバットや野球道具を抱え、列車で長時間遠征に出向いていた。しかも、一番安くて粗末な〝三等車〟に乗り、通路に新聞紙を敷いて折り重なるように寝たり、小柄な選手は、網棚の上で横になりながら移動したんだ。そんな経験をしてきたカープだからこそ、今では当たり前になっている野球道具を遠征先に運ぶ専用のトラックを、他球団に先駆けて考案し、配送の効率化を図った過去があるんだ」

選手が網棚に乗って移動していた？　カープは倹約だけでなく配送の仕方にもアイ

デアを凝らした？　徳澤が語るまたも知らないカープ史は、愛未の耳から速達便で全身に配送され、五体を痺れさせた。そして、やはり体を熱くさせ豚骨臭を増臭させた松島が、ロイドメガネを上げながら乗じた。

「自分の仕事の空き時間を使って他店をサポートするというのは、初代監督の石本さんが、監督業だけでなく『たる募金』の集計や、新聞記事を書いたり、球団グッズを考案したというイズムからきとるということか？」

「さっすが松島さんですねぇ。でも石本さんだけじゃありません、貧乏だった頃は、球団職員もカープのためなら何でもやったんです。当時の記録を見るとね、カープは審判に払うお金さえも惜しまねばならず、阪神とのオープン戦で、石本さんが主審、球団職員たちが塁審をやった事実も残っているんです」

オープン戦とはいえプロ野球の試合で監督や職員が審判を？　白鳥たちは、貧しいながらも逞しく生き抜いたカープの慎ましさに舌を巻き、驚嘆した。

「これまで皆さんの絆を見てきた僕は、この商店街ならやれると思うんです。全店舗が一つの会社のように互いを支え、いずれは全店の売上げを均等に分配していくような新しいビジネスモデルをね」

「う、売上げを均等に分配⁉　それって、その、あの、つまり……」

パーマばりにうねる杉内の舌先を見ながら徳澤は続けた。

「もしこの商店街が10店舗だとして、９店の月の売上げが10万、残る店が1万だとしたら、各店の収入は９万１０００円。つまり売上げが多い店が少ない店をカバーするんです」

いやいや、さすがにそれは暴論ではないか？　愛未はいさめようとしたが、パン屋の石垣が、冷静に徳澤の胸の内を説いた。

「売上げを分配すれば、これまで去って行った人々や、米川さんのような二の舞いを防げる。そう言いたいんじゃろ？」

一瞬、徳澤の口元から零れた白い歯を、愛未は見逃さなかった。

「そう。一部でもいいんです。たとえば月に一度、全店セールをやって、その日の売上げだけを分配してみる。そんな小さな取り組みからでもね」

グッと瞼を閉じている米川の顔を見ながら、店主らの胸には「自分たちならやれるかもしれない……」という思いが芽生え始めていたが、松島は一人、眼鏡の奥に訝《いぶか》しそうな目つきを宿していた。

「徳澤君、なかなかの妙案だとは思うが、その分配金というのは、カープでもプロ野球でもなく、Ｊリーグのシステムじゃないか？」

「Ｊリーグ？　どういうこと松島さん？」

愛未にはさっぱり分からなかった。

「日本のプロ野球はのう、たとえばテレビの放映権料や球団グッズの収益は、各チームがそのまま自分の懐に入れているので、人気球団とそうでない球団に格差が生まれとるんよ。じゃがの、Ｊリーグや米国のメジャーリーグでは、それらの収益を一括管理して全チームに均等に分配されるシステムなんじゃ。まあ、時代と共に配分率は変化しつつあるんじゃが、彼らの共存共栄の精神は変わってはおらんのんよ」

「徳澤さん、あんなにカープにこだわっていたのに、何で今さら他競技やアメリカをお手本に……？」

愛未は徳澤の眼を見据えた。今度は明らかに歯を見せ、その口元と目を輝かせながら徳澤は言った。

「だから言ったでしょ？〝さらなる奇襲に出る〟って。他競技や他業界のアイデアを学び、そのイズムを注入する！　これが白鳥商店街の次なる一手であり、実はこれも、カープをお手本にした奇策なんです！」

これには愛未だけでなく、白鳥たちも羽をバタつかせた。

「それ……どういうこと徳澤さん？　カープにはそんな過去もあるってこと……？」

「そう。カープが初優勝したとき球団部長を務めていた人は、実は元サッカー日本代表の選手だったんだ！　そして彼は野球界にサッカー界で学んだイズムを、そしてサッカー界に野球界で学んだアイデアを注入して両競技を発展させたのさ！」

愛未はすぐさま松島を見たが、その体からは〝まるで聞いたことない臭〟が漂っていた。

「まあ、知らない方が多いのは当然です。大昔のイチ裏方さんですからねぇ。しかし、彼がいなければ今日のカープはなかったかもしれません。なにせ彼は、カープに球界初の外国人監督を招集して万年Bクラスだった負け犬根性を払拭させた人物でもあり、今日まで親しまれる愛称『赤ヘル』の名づけ親でもある！　それに、さっき言った野球道具運搬トラックの発案者でもあるんですからねぇ」

もはや誰もが、愛未のように体を熱くさせていた。

松島は初めて耳にする男の存在と、そのあまりにも異質な経歴に驚き「彼の存在が本当であれば……これは物すごいことだぞ……」と、胸の中でうなった。

しかし、興奮する白鳥の群れの中、いまだ米川だけはうつむいていた。

「徳澤君、本当にありがたいアイデアなんじゃが……ワシには、皆さんに助けてもらうことも、せっかく集まったカンパまで使って移動映画館をやることも、申し訳のうて気が引けるんじゃ……」

その萎縮した肩を、石垣が焼きたてパンのようなホクホク顔で抱いた。

「心配すんな盗っ人、ワシらがついとる。アンタを立派に更生させちゃるけえ！」

しおらしく目を伏せる米川を笑い飛ばすように、映写技師の中元が、相変わらずの前歯を披露しながら言い放った。

「ワシは移動映画館は面白いアイデアじゃと思うでぇ。あの上野動物園もな、戦後は目玉になる動物がおらんかったけえ、何とか客に喜んでもらおうと、園内に映画館をこしらえて動物映画を流しとったんよ。映画は映画館だけで流すものとは限らん、そこに観たい人がおるんならどこへでも出向いていく。それが映画の本分なんよ」

徳澤はやたらとうれしそうだった。

「さすが中元さん、いいこと言いますねぇ。説得力がある！　前歯はないけど！」

「だから言葉を選びなさいっつーの！」

愛未の今日イチの小突きが切れよく肩に入り、徳澤は大ゲサに痛がってもんどり打った。そんな光景を見つめながら、カウンターに鎮座していた奥崎老も、今日イチの笑顔を振り撒きながら破顔していた。

「ほんまに徳澤さんは頼りになりますわい。ここまできたらアナタに任せてみたい。ワシはそう思うとりますよ」

徳澤はさらにうれしそうに、肩を押さえながら肩で風を切るという珍妙さでカウンターへと歩んだ。

「いやぁ〜、最初はただの頑固じいさんだと思っていましたが、本当に柔軟になってくれましたねぇ。じゃ、その顧問料ってことで」

徳澤が白鳥パンに伸ばした手を、やはり愛未がスパンと一閃し、やはり大ゲサに手を押さえて飛び跳ねた。

「忙しい人だねホント……」

愛未はため息と悪態を同時についた。そして、手の甲を押さえた手の焼ける男に、奥崎老は聞いた。

「ところで、それも、何かカープと関係があるんですかのぅ？」

「それ……？　何の話ですか奥崎さん？」

「今日は、久々に洋服をお召しになっとるが、最近、お見えになるたびに変わっとるけえ、それもカープに関係があるんかのぅと思うたんです」

わずかに徳澤の口元から白い歯は消えたが、さも大したことではないかのように答えた。

「ああアレ、そういえば何度か喪服でしたねぇ～。この前、アニメを観に来たときは、お気に入りの主人公が殉職してねぇ、その前のときは、デートかな？　僕たまに喪服を勝負服にしているんで。独身男ですし」

「私が比治山で見たときは、女性なんていなかったけど？」

愛未のその言葉に、徳澤は動揺し、完全に口を閉じた。

「徳澤君……カミさんから、ウチの花屋で買う花は、すべてお墓参り用だったと聞いたよ」

米川の告知に、徳澤は口をゆがめた。

「ねえ……何があったの？　……ねえ徳澤さん？」

ゆっくりと視線を落とす徳澤に、愛未は、あの冬の日、喫茶店の窓辺で見た寂しげな横顔を重ねた。

「……以前、君に話したことがあったよね。カープのフィリピン遠征の話だったかな」

確かあれは……真夏の本通商店街の露店で、彼が初めて語ってくれた〝鯉のはなし〟……。愛未の脳裏に鮮烈だったカープの海外遠征の秘話が、ふつふつとよみがえった。

「僕は、古いカープの選手に興味があってねぇ。いろんなＯＢや関係者に趣味で取材をしてきたんだけど……。あのフィリピン遠征の話を語ってくれた、備後喜雄さんが……亡くなったんだ」

一同は絶句した。半世紀もの間、カープのユニフォームに袖を通し続けた名選手を、男たちの世代で知らぬ者はいなかった。

「あの『バンビ』と呼ばれた備後さんが……」

松島のロイドメガネは、力なく下がっていた。

「備後さんだけじゃありません。彼と同世代の貴重な結成時代を語れるOBや、カープを支えてきた市民の皆さんは、どんどん亡くなられている。その中には、最期に言葉を交わした人間が、僕だったという人もいたんです……」

「だから、何度も喪服を……」

「ああ。比治山に行ったのは、亡くなられた方々が〝弱小球団〟と揶揄されながらも、歯を食いしばり、汗を流し続けた青春時代が詰まった場所だったし、その中のお一人が〝もう一度行ってみたい〟と仰っていたからなんだ」

愛未は、あの強き広島の女性二人の〝鯉のはなし〟を聞きながら仰ぎ見た、比治山の稜線を思い浮かべた。

「最近、前にも増して思うんです。備後さんたち先人から貴重な話を拝聴した僕は、その話を次世代に伝えていく義務がある。……この街は原爆で一瞬にして人も文化も消滅した。だから僕たちは〝言葉〟で文化を現存させていかなければと……」

白鳥たちは、その重い一言、一言を静かに受け止めていた。杉内は、いつの間にかソファで眠っていた我が子、ヨシヒコの寝顔を見つめながら、徳澤の言葉をもう一度、胸に刻んだ。

やがて、商店街の遠くから聞こえ始めた、遠い国の人たちの言葉。

それは間もなく訪れる、ピジョン座のレイトショーの始まりを告げていた。

■徳澤颯吾の手記より■8 サッカー日本代表から赤ヘルの生みの親になった男

ある高名な企業のリーダーは言った。「業界の常識を変えるのは異業種からの参入者である」と。そして、日本プロ野球史の年輪の中に、その言葉を体現した男がいる。彼は、専門性を極めつつ異業種の渦中へと飛び込み、その業界を発展へと導いた。決してスマートではなく、汗と涙に暮れながら……。

1973年（昭和48）の暮れ――。カープ内は、二代目オーナー・松田康平《まつだこうへい》が指名した球団トップ『球団部長』の顔に困惑していた。

重松良則《しげまつよしのり》、四十三歳。当時は『東洋工業（現マツダ）』で総務課長をしていたが、その名を耳にした誰もが驚いた。なにせ彼の経歴は……広島一中、現在の国泰寺高校でサッカー選手として名を鳴らし、慶應大学では天皇杯二連覇に貢献。『サンフレッチェ広島』の前身にあたるチームでは黄金期を創り上げ、日本代表選手としても活躍。さらに、現役を退いた後も、サッカー界の発展に尽力し『Jリーグ』の前身『日本サッカーリーグ（JSL）』創設の陣頭指揮を執り、『総務主事』今でいうチェアマンとしても手腕を振るったサッカー界の重鎮だったからであった。


当時のことを、元カープの選手であり、引退後は球団マネージャーとして重松氏の右腕となり、チームを献身的に支えてきた雑賀幸雄《さいがゆきお》はこう振り返った。

「カープに入る前から重松さんの名前は知っていました。サッカーで名をはせた有名人でしたからね。だけど最初は、球団も選手も〝野球界とサッカー界は別物だ〟〝我々はプロ、向こうはアマチュア〟と、当時、まだプロ化していないサッカー界出身の重松さんを見下していましたし〝畑違いの人に何ができるんだ〟と、高をくっていましたよ。しかし、重松さんが来られてしばらくすると、誰もが〝これは、相手が違うな……〟と驚いたんですよ」

重松は、一見、ぶっきらぼうな男に見えたが、根はまじめそのもの。常に「私は運がいいんだ。不思議なくらいに」と、自分を過大評価することのない男であった。また雑賀は、彼の人柄についてこうも評した。

「現役時代は日本代表のキャプテンをしていたと、外からは聞いたことがあったんですが、本人からは一度もないんです。あれだけすごい経歴の方なのに自慢話を一切しない。そして愚痴も悪口も言わない人でした。普段は、非常に照れ屋で口数は少ない人でしたが、発する言葉の説得力、話すタイミングも抜群でね。スタッフ内で困ったことが起こっても、重松さんが入ってきただけでうまく片づく。非常に頭も人柄も良い人でしたねぇ」

謙虚で無口な男、重松。しかし、彼にはどうしても許せないカープへの想いがあった。当時のカープは万年Bクラス。選手には負け犬根性がついており、中には三振してもへらへらと照れ笑いで帰ってくる者や、平然とした顔で「頑張っても給料は同じ」と語る者もいたという。競技こそ違えど、重松は日の丸を背負ったこともある一流アスリート。そんなカープを変えたい一心で招聘《しょうへい》したのが、のちに世に言う『ルーツ革命』を起こすこととなる、日本球界初のメジャーリーグ出身監督、ジョージ・ルーツだった。
ルーツは、選手らの負け犬根性を払拭し、ヘルメットも闘争心を現す〝赤〟に変えた。そして重松が、その選手たちの姿を『赤ヘル軍団』と名づけたことで〝カープ＝赤ヘル〟が今日まで定着していくことになるのである。さらに彼は「選手への負担を少しでも軽くしたい」と、現在では当たり前になっている、選手たちの野球道具をトラックで遠征先へ輸送するアイデアを発案。他球団に先駆けチームに帯同するトラックを購入し、野球道具を運ぶという画期的な改革を行った。それはまさに、サッカー界という別の畑にいた男だからこそできたこと。色濃く〝根性論〟を重んじていた〝日本の野球〟と〝カープの体質〟を、別の視点や角度でとらえ、柔軟な発想で改革へと導いた重松ならではの手腕であった。

ルーツ監督により、上昇気流を描き始めたカープ。しかし、就任間もない

1975年(昭和50)4月27日——。ルーツは、試合中の判定をめぐって審判に詰め寄り、退場を告げられた後も、長時間にわたり激しく抗議。困り果てた審判団は、偶然、記者席に居合わせた球団部長の重松に泣きつき、彼がグラウンドに降りて説得するという異例の事態が起こる。これにルーツは「グラウンドでは監督に全権が与えられるはずが、代表が乗り込んで監督の権限を侵した」と激高し、球団の慰留を振り切って、そのままアメリカへ帰国。辞任の記者会見を開いた重松は、人気の高かったルーツをやめさせた張本人として矢面に立たされた。しかし、このとき、最もつらかったのは、自らアメリカから呼び寄せたルーツを、自らが退団させることとなった重松自身だった。

雑賀は、そのときの様子をこう語った。

「あれは審判団の要請を受けて仕方なくやられたことです。審判団から〝これ以上、収拾がつかないと放棄試合にします〟と言われ、渋々、重松さんはグラウンドに降りたんです。ルーツが帰国したとき、重松さんは憔悴していましたね。〝彼を追い込んだのは自分だ〟〝もっと自分がしっかりしていれば〟と自分を責めていました。ただね、退団が決まってからは〝もしこれでカープがダメになれば、自分が責任を取ればよい〟と腹をくくり、頭を切り替え、その後、一切ルーツのことは口にされなかったですね」

しかし、重松の苦難はこれで終わりではなかった。その年の9月10日——。悲願の初優勝が見えてきた時期に、ラフプレーをめぐりカープファンがグラウンドに乱入。暴徒化したファンが市民球場を包囲し、広島県警、機動隊員、約二百五十人が出動。翌日の試合が中止に追い込まれる事態が勃発した。このとき、重松は記者会見を開き「選手は一生懸命やっているのに……私は残念です……」と、カメラの前で声を詰まらせた。それは、栄光と苦闘を重ねたサッカー選手時代をはじめ、決して泣くことのなかった重松が、公の場で初めて見せた涙だった……。

紆余曲折《うよきょくせつ》を乗り越えた10月15日——。

重松は、球団代表二年目にして、悲願のカープ初優勝の瞬間に立ち会う。ウイニングボールが収まった瞬間、大粒の涙を流した重松。しかし、その姿を公に見せることはなく、歓喜の輪が広がる中、独りベンチの裏へと消えた。

「僕の顔を見たとき〝雑賀、よかったな〟と涙ぐんでおられた姿だけは覚えています。うれしかったでしょうねぇ。彼はサッカー選手でしたが、広島県生まれの広島市民。ずっとカープファンでしたし、カープと共に復興を夢見てきた被爆者でもありました。重松さんは多分、ダッグアウトの裏に行ったと思います。とにかく表に出るのが嫌な人でしたからね。でも、選手もみんな思っていたはずです。初優勝をもたらした裏方の最高殊勲選手は、重松代表だったとね」

サッカー界のチェアマン。そしてプロ野球の球団代表。二つの異色の経歴を持つ男がベンチ裏でひっそりと流した涙。真っすぐに零れ落ち、にじんでいったその涙は、日本プロ野球史の中で、今でもきらめきを放っているのである。

その後、重松良則は、黄金期を迎えたカープを見届けて退団。しかし、彼のスポーツに対する情熱は冷めず、再びサッカー界へと復帰し、Jリーグの設立にも貢献。１９９７年（平成９）には『ベルマーレ平塚』の社長に就任し、中田英俊《なかたひでとし》をはじめ日本代表三人を擁する強豪へと育て上げた。

しかし、翌１９９８年――。親会社が経営再建を余儀なくされ、クラブは消滅危機に陥る。同じ神奈川県の『横浜フリューゲルス』も、親会社が撤退し、『横浜マリノス』に吸収合併されて消滅。明日は我が身となった……。ところが、重松は「クラブは絶対残す」という強い信念のもと、ベルマーレを、親会社を持たずとも市民の力で支える『市民クラブ』として生き返らせる道を選んだ。そう、それはまさに、資金難を市民らの手で乗り越えた市民球団、カープが歩いて来た道だった。

ベルマーレは、重松らの指揮のもと、主力選手を放出した移籍金でクラブを存続させ、その間に、新しい運営組織の準備を整えることに成功。そして

2000年（平成12）——。『湘南ベルマーレ』としてよみがえったクラブの雄姿を見届けながら、重松はひっそりとチームを去った。

「重松さんは、自分の身の振り方なんて考えていない。球団を残すこと。ただその一念で行動している人でした。最後の最後まで見届けるのが自分の責任、自分の仕事だというのが、あの方の人生の美学なんですよ。まぁ、あれほどの人はいないでしょう。尊敬に値する人。本当にそういう人でした」

サッカーで得た魂を野球界に注入し、野球界で得た経験をサッカー界にもたらした男。重松良則は今、ふるさと広島で、静かな日々を送っている。

九回裏

店の隅に追いやられていたハンドクリームが、いつの間にか店頭に陳列されている薬局を横目に見ながら、徳澤はステンカラーコートの襟を立てた。およそ一年半前、初めてここに足を踏み入れたときに見た、接戦のオセロのように営業店と黒ずんだシャッターを下ろした店が拮抗していた商店街は、今や全店の明かりがともり〝白鳥〟の名にふさわしい通りとなっていた。

「お母さん、チョコブラウニーくださいな〜」

自転車屋の右隣りに今夏オープンしたスイーツ店は、近くの公団に住むママ友たちが開いた新参店ではあったが、女子高生の間でそこそこの人気が出始めているようで、徳澤の好物も駅前のデニッシュからブラウニーへと変わっていた。

「はい、ブラウニーお待たせぇ。徳澤ちゃん、ブラウニーばっかり食べとらんで、ええ加減、ウチの店のブランデーも飲みに来んさいや！」

スイーツ店らしからぬ酒焼けした声の主は、商店街のスナックのママ。どうやら、開店前の空き時間を利用して新参店のヘルプをしているのだろう。ご自慢の紫のメッシュが入ったロングヘアーを、きちんとキャスケットの中に仕舞い込んだその姿が、徳澤には妙にうれしかった。

にわかに背後から迫る、けたたましくもワザとらしいクラクション。振り向かずともそれは、花屋の米川のトラックだと分かった。

「ピジョン座に行くんね？　だって今日は、お披露目の日じゃもんねぇ！」

運転席から、さも〝仕事してます〟の面持ちで、角刈り頭が顔を出す。徳澤は一瞥もせずブラウニーをパクつきながら歩いたが、しつこいナンパ師のように車はピタリと並走した。

「……で、そちらは配達ですか？」

「おうおう、そうそう！　今の、比治山まで花と野菜と魚を配達してのう！

ついでにパンクしたチャリンコがあったけえ、逆配達をして来たところなんよぉ」

確かに荷台にはママチャリが乗っている。例の〝共同配達〟はけっこうイイ案配なんだなと思った。

「配達が終わったからって、パチンコに行かないでくださいね」

「人聞きの悪い！　あれ以来キッパリ足を洗ったよ。カミさんに誓っての！」

徳澤は笑みを悟られないように早くも残りわずかになったブラウニーにムシャついた。

以前にも増して威勢のいい声を張り上げる魚屋。厨房でオーダーに追われる洋食屋。ベーカリー棚に商品を補充する石垣。床の髪の毛を掃く手伝いをしているヨシヒコ。相も変わらずスープに納得していない様子の松島。あの日、ピジョン座のロビーで燻《くすぶ》っていたハトたちは、いつの間にか、顔を上げ、胸を張り、自ら羽を広げ、本来の白鳥の姿へと戻っていった。さて、肝心の巣箱はどうだろうか……？

徳澤は、ロビーを開けて面を食らった。無理もない、日曜の真っ昼間にまるでフランス映画ばりに男女がロマンティックなベーゼをしていたのだ。胃からブラウニーが逆流し全盛期のブリトニーばりに体をよじる徳澤の姿をほくそ笑みながら愛未が言った。

「どう？　ＳＮＳで〝映画館でプロポーズしませんか？〟って呼びかけたら、これがけっこう好評でね。私レベルにしてはいいアイデアじゃない？」

徳澤は胸を叩きながら館内を見わたした。暗い印象だったロビーが何処となく明るい気がするのは、愛未が装飾したと思われる花や手書きのポップのせいだろうし、ほのかに香るにおいは、逆流したブラウニーではなく埃臭《ほこり》かったソファから漂うダウニーの香りなのだろう。その気配からは、ピジョン座を変えていきたいという愛未の強い意志が感じとれた。

「あとさ、これ見て！　一昨日の夕刊の社説に、ピジョン座と商店街が取り上げられているの！　これってきっと、私が『読者の広場』に手記を送り続けたたまものだよね？　これでクラウドファンディングの出資金も増えると思わない？」

「ふ〜ん。まああってとこじゃない？」

悔しいのか、徳澤は素っ気なく答え、さも対抗するかのように言ってのけた。

「まぁ、君色にどんどん映画館を変えればいいんだよ。客をいっぱい入れたければ、カープが球界初の『砂かぶり席』を作ったように、座席を取っ払って映画館にも砂かぶり席を作ったっていいし。カープが主審にボールをわたす『ベースボール犬』を発案したように、ポップコーンを客席まで運ぶシアター犬ってのもアリだしさ」

「ナシだよ。そのワンちゃんのことは知っているけども」

「へえ、珍しく知ってんだ？」

「ミッキー君はけっこう最近だもんね。かわいかったなぁ」

「砂かぶり席は？」

「カープが最初だったことは知らない……」

徳澤はにわかに悦に入り、したり顔になった。

「そうか知らないのかぁ～。昔のカープはな、あまりにもチケットをさばき過ぎて、球場に客が入りきらなかったことがしばしばあったんだ。そこで一塁側と三塁側のファウルグラウンドに客を座らせた。これが球界初の砂かぶり席なんだよ」

ファウルグラウンドにお客を？　いやはやカープの経営アイデアには恐れ入った。

予期せぬ間合いで熱汁が染み出してくる小籠包のように、突として体熱を高めた愛未を察しているかのように、徳澤は得意げに続けた。

「そうだ、いっそのことピジョン座で、カープの試合中継をスクリーンで流すのはどうかな。迫力あって人気が出ると思わないか？」

「え……、そんなことやっていいの？」

「最近じゃ、カラオケＢＯＸの入口に〝日本シリーズ観れます〟って幟《のぼり》も見かけるから、そんな絵空事でもない時代だし、営利目的でなく無料開放という手段を取って映画館の知名度を上げるだけでも、商店街全体の底上げにつながると思うけどねぇ」

カラオケＢＯＸで野球を観る時代……？　昔のカープについて知らないのは当然だと思ってはいたが、自分は、現代社会の移ろいさえもまだまだ捉え切れてはいないのかもしれない……。愛未は一人の経営者の卵としてまだまだ甘いなと、身を引き締め、そして呟いた。

「誰もがみんな、その時代に応じて柔軟に進化を遂げている。きっと、進化をあきらめた文化が消えていくんだよね……」

「そう、だからカープは今も進化しているんだ」

「……今も？」

徳澤の眼に力が込もった。

「球団結成当時、カープは県民に支えられた。だから今でもその恩を忘れまいと、球団のロゴやマスコットなどの商標を、カープを応援したいという人々に無償で使用許可している。さらに、野球漫画などで実在する選手を登場させると、おのずと肖像権が発生するんだが、他球団では厳しく禁止されているけどカープ選手だけはオールフリー。自由に描くことが許されてもいるんだよ」

現在のカープにもそんな粋な発想が息づいているのか……。愛未の内側からさらに熱汁があふれた。

「だけどね、僕は思うんだ。現在のカープは確かに粋な面もあるけど、昔に比べると、経営も選手層も恵まれた球団になった。焼け野原の中、必死で球団を支えた県民の労を思うと、これからも、そしてもっと粋な球団であり続けてほしい。そして万が一、カープが方向を見誤ったら、ファンが待ったをかける。そんな距離感を保った市民球団でありたいな、とね」

真のファンは、ただ声援を送るだけではなく球団にハッパをかけて救援もする。愛未は、ビジターで声を枯らして応援しながら選手らに染みついた負け犬根性を払拭せんとした佐々木日紗子の話を思い返した。

ピジョン座の表から聴こえたクラクション。それは米川のトラックではなく、初めて耳にする重低音だった。

「いよいよ、おいでなさったかのう」

奥崎老が、螺旋階段を伝って降りてくる。愛未はロビーを駆け出し、徳澤もその後に続いた。ピジョン座に横づけされた、きらめく湖面に浮かぶ白鳥のような美しいフォルム。それは待ちに待った、シャトルバスだった。

「ついに来たんかぁ！」

仕事そっちのけで集結し始めた商店街の面々が歓声を上げる。箒を持ったままのヨシヒコは、目新しい塗装が施された純白のボディに顔を擦り寄せて喜んでいた。かなり中古だが見た目は申し分ない。内装をシアター仕様にするなど、経費はそれなりにかかったが、この移動映画館はピジョン座にとってとてつもない〝進化〟だった。愛未は、真白の輪郭に目を這わせながら、この新たな試みを快諾し、背中を押してくれたバス会社や県の人々の寛容さと、温かい言葉たちを思い浮かべた。

そして、この新たな夢の器は、ピジョン座にもう一つの喜びを運んでくれた。

「古い割には走り心地は悪くない。こりゃあ、ええ仕事をしてくれると思うで、愛未」

運転席から降車する白髪まじりの男。それはピジョン座を継がずトラック運転手になった、愛未の父親だった。

「久しぶりじゃのうオクやん！　元気にしとったかぁ？」

米川や松島、かつてピジョン座を秘密基地代わりにして遊んでいた幼なじみたちが集まり、照れ臭そうにうつむく父親と輪になる。

「オクやんなんて呼ばれていたんだねぇ～」

愛未は、普段は無骨で頑固なオクやんの、知られざる横顔にニヤつきながら、その目線を、こちらへゆっくりと歩み来る祖父へと向けた。何も語らずとも奥崎老の歩調を見れば、喜びにあふれた心を見通すことができた。

「ほんまに、ドライバーをやってくれるんか？」

愛未の父親は、イタズラをとがめられた子供のようにそっぽを向きながら言った。

「おお、週末は仕事が休みじゃし、ワシは映画より車窓の景色を見るのが好きじゃけえ、休みの日でも運転がしたい性分なんよ」

奥崎老は、すべてを察しているかのように、ただ目尻を下げていた。

「まあ、それに……。県民の皆さんが、何とかピジョン座を残そうとしてくれとるのに、息子が高みの見物じゃあ格好がつかんじゃろ。ピジョン座は継げんかったが、走る映画館ならワシにも手伝える。これからはワシもこき使ってくれえや」

懐かしそうにピジョン座を仰望する息子の横顔を見ながら、奥崎老は目を細め、最近、妙に涙もろくなった米川は、白鳥ティッシュを握りしめ子供のようにベソをかいていた。

やがて、父親は、自分が運転してきたバスを指しながら聞いた。

「じゃがのう愛未、いくら白鳥商店街とはいえ、全身真っ白のバスっちゅうのは味気がなさ過ぎじゃあないか？」

「うん、私もかわいくないなぁ～とは思ったんだけど、この方がいいんだよね、徳澤さん？　あれ、徳澤さん？」

ヨシヒコと一緒にバス内を探検していたのか、徳澤は運転席から顔を出し、人情映画でも観るような顔でこちらをニタニタと眺めていた。

「白のままにしたのは、白鳥に引っ掛けただけではありません。この移動映画館を〝ネーミングライツ制〟にするためですよ」

「ネーミングライツ？」

もう秋の訪れだというのに来春軒のＴシャツをたくし上げた松島が、メガネをたくし上げながら得意のプチ解説を始める。

「球場やスタジアムの名前に『マツダ』や『味の素』ってついとるのは、その施設の命名権を売りに出して収益を得る、ネーミングライツ制をやっとるからなんよ。徳澤君、君はこの移動映画館の名前を企業に売りに出そうと言うんじゃね？」

「そうです。広告宣伝カーが増えているように、街中を走る車広告は費用対効果が大きいですからね。『もみじ饅頭座』『オタフクソース座』とか、何ならアナタのラーメン店が買って『来春軒シアター』でもいい。違和感のある映画館の名前の方が、かえって引きがあるでしょうからねぇ」

確かにインパクトはある。移動映画館という企画だけでも話題性はあるが、星座や地名のついた映画館名が多い中で『もみじ饅頭座』などは目を引くし、女性ウケも悪くなさそうだ。愛未は、自分のはるか先手を打つ徳澤のアイデアにうなるしかなかった。

「なので愛未さん、その都度、別途、塗装代はかかりますから、その費用は覚悟してください。あ、それと白い塗料も大量に買い込んでください」

「え？　だってもうバスは白く塗り終えたじゃん？」

愛未は、一瞬、鋭さを増した徳澤の眼を見たが、やがてその眼光は和らぎ、今まで一度も見せたことのない穏やかな目で言った。

「せっかくなんで、この商店街の壁を、もう一度、白く塗りなおしませんか？　皆さんの手で」

白鳥たちは顔を見合わせ、やがて歓声が巻き起こった。

「徳澤さん……」

愛未はその目を見つめて微笑んだ。

「だから前にも言ったろ？　僕は本気だって」

不愛想に歓喜の輪から離脱し、ロビーの方へ踵《きびす》を返す徳澤。ふとステンカラーコートを緩めた胸元から見えた黒のネクタイに気づき、愛未はその後を追った。

「何だよ、まだ何か？」

「徳澤さん……また誰かが……」

徳澤は、微かに歩みを止めたが、やがて足早にピジョン座の扉を開け、無言でロビーを抜けると、薄暗い客席の中空に顔をうずめた。

「……ああ、そうなんだ。今日はこれから、お通夜なんだ」

「今度はどなたが……」

「原岡さんだよ。君と初めて会った日に一緒にいた」

「え……？」

愛未は、あの帰郷した日、原爆ドームの下で横に並んだかわいらしいおじいさんの姿を浮かべた。あの被爆者からプロ野球選手になってみせた強き広島人であった原岡さんが……。若い者たちで、原爆で焼失した街やカープの歴史を語り継いでほしいと言っていたあの原岡さんが……。その訃報は、最近、くまなく新聞に目を凝らしてきた愛未さえも知らない現実だった。本当に、誰にも知られることなく、苦しい時代のカープを支えた人たちがお亡くなりになっているんだ……。愛未は、ただその場に佇むことしかできなかった。

「原岡さんだけじゃない。先週は、小学生ながらカープ鉛筆を売り、カープの寮長を務めた吉田さんという方もお亡くなりになった。そのお通夜では、カープが大好きだった吉田さんのためにと、ご遺族が『それいけカープ』を流しておられたよ……」

愛未は目を閉じ、静かに祈った。外から聴こえる、いまだ興奮冷めやらぬ白鳥たちの歓声が、逆に胸を締めつけた。

「じゃあ、そんな訳で、僕はそろそろ行くね」

ロビーの扉を開け放ち、コートの襟を立てなおす徳澤。その後ろ姿を愛未は見送った。重い足取りは、やがて商店街の面々の輪の前で変調し、ヨシヒコとハイタッチをしてみせる後ろ姿が見えた。

徳澤颯吾とは、そんな男であった。

延長戦

長い冬を耐え忍んできた白鳥たちは、やがて羽を広げ旅立つ。その羽音は、春の訪れを告げる便りでもある。

陽光に映える白壁が連なる商店街。二年前、閑古鳥商店街だった通りは、まるで椋鳥《むくどり》の大群が襲来したように人々がうごめいている。トングでパンをつかんでいるご婦人は、いつしかの「映画館に行くときは、家族みんなでオシャレして行ったのよ」と、語りながら募金をしてくれた方かもしれない。あのブラウニーを頬張る女子高生は、本通りで白鳥ティッシュケースを買ってくれた子で……あの花屋の前でハクチョウゲの盆栽を見つめる外国人は、レイトショーに来てくれた観光客……そして、あの旅行カバンを手にした親子は、移動映画館でこの商店街を知った人たちなのかもしれない。愛未は、人波を縫いながら、今や隠れた観光名所になりつつある白鳥商店街の風景を眺めていた。

「どうしたんや愛未ちゃん、辛気くさい顔してぇ」

ピジョン座の前で、大きな向日葵の花輪を抱えた米川と鉢合わせた。

「つい浸っちゃってさ。たった二年でここまでこれたのは、本当にすごいことだなぁって」

「そうじゃのう、閉館寸前じゃったもんのう、ピジョン座は……」

新調した映画館のスクリーンのように真新しい白壁へとよみがえったピジョン座を、米川はまじまじと仰いだ。

「まあ、今日はアンタのお祝いなんじゃやけえ、しんみりした話は、後でゆっくり語り合おうや」

ロビーへと向かう米川の背中に言った。

「あの……あの人、徳澤さんは見えましたか?」

米川は首を振り、寂しげに向日葵も揺れた。

「カミさんにも聞いたんじゃが、やっぱり、今年に入って一度も顔を見せとらんらしい。ワシも、随分デニッシュをおごっとらんけえ、気が気じゃないんじゃがのう

「……」

シャトルバスがお目見えしたあの日以降、徳澤はぱったりと姿を現さなくなった。まるで、ようやく巣立ちした元ハトたちを見届けたかのように。


ロビーにはたくさんの花と、仕事を家族に任せて駆けつけたのだろう、見慣れた白鳥たちが集まっていた。

「ちょっと、やめてよ、そんな大ゲサなっ……」

パンケーキのように顔をふっくらさせながら石垣が笑った。

「何でやぁ？　愛未ちゃんがピジョン座の三代目として認められたんじゃけえ、これくらいは当たり前じゃろうが、なあ、じいさん？」

石垣を上回るふっくら顔で、奥崎老はカウンターの中で喜色満面の笑みを浮かべていた。

「もう愛未に任せてええと思ったんよ。愛未がおらんかったら、ここは潰れとったたし、あのデジタルの映写機も買えんかったけえのう」

カウンター横の、ひと際目立つ場所には、搬入されたばかりのデジタル映写機、あの『デジタル・シネマ・パッケージ』が、さも珍重に展示されており、やはりヨシヒコは爛々《らんらん》と目を輝かせながら見入っていた。

「ボク、決めたよ！　将来はここの四代目になる！」

「だめだめ、お前は美容師になってくれんと！」

息子のまさかの宣言に杉内は大いに慌て、館内は春の陽気のような笑い声で包まれた。

「ねえねえ、今日も徳澤の兄ちゃんは来ないの〜？　ボク、お兄ちゃんに会いたいなぁ〜。ねえ、どこに行っちゃったの〜？」

その誰もが逆に聞きたい質問に、杉内のみならず、一同が返答に迷った。

「あの人なら、きっとまたフラッと遊びに来るよ。アニメやおいしいスイーツに釣られてね」

愛未はそっと小さな肩に手を掛け、ヨシヒコに、そして自分に言い聞かせた。

「いや、徳澤さんは、もうここへは来んじゃろう」

今度は奥崎老のその言葉に、一同は戸惑った。

「昨日、気づいたんじゃが、引き出しにこれが入っとってのう」

皺《しわ》にまみれた手がカウンターの引き出しから取り出したのは、皺にまみれたあの徳澤のノートだった。

「いつ置いて行かれたのかは分からんが、ワシは、このノートを見てビックリしたんよ。この中にはのう、カープという球団が生まれた背景から、広島の歴史に至るまで、あらゆる人々の証言に基づいた実話が、まるで語りかけるようにつづられとるんよ。まるで何世代にも語り継いでほしいという感じでのう」

愛未はノートを手に取り、黒々とした文字で埋め尽くされたページ群に目を見張った。

「でも、それをなぜ、この引き出しに……？」

奥崎老は、静かに言った。

「多分、この先、商店街が悩んだり、経営が苦しくなったときは、これを見てほしい。答えはきっとこの中にある。そういうメッセージじゃと思うんよ……」

突然、ダウニーを凌駕《りょうが》する豚骨スープ臭がロビーに漂う。気づけば、松島が息を切らしながら参じていた。

「すごい記事が届いた……」

その臭気、いや語気から、誰もがことの重大さを悟った。

「ど、どうしたんよ、松島さん?」

石垣がフランスパンのように固くなる。

「落ち着いて聞いてくれ……。この記事は、カープが生まれた頃に書かれたほんの小さな記事なんじゃが……どうやら昔、この商店街ができた頃に、一軒のスポーツ用品店があったらしい……。その店を潰したのは、カープの球団関係者で……名前は、徳澤という人物だったらしいんじゃ……」

一同は声も出なかった。愛未は、無言でその紙を受け取り、必死で文字を追った。

カープが誕生する前年の1949年（昭和24）——。流川の先にある街に、大正時代から続くスポーツ用品店『ヤスカワ』はあった。原爆で店は消失し、経営者の安川《やすかわ》はすべてを失ったが、家業を絶やすまいと、焼け野原に店を再建させた。

そんなある日、安川のもとに数人の男が現れ、野球道具の納入を頼み込んだ。カープ発足に奔走する球団職員、徳澤忠雄《とくざわただお》たちだった。「カープは銭がないらしいけえ危ない」と、家族は説得したが、地元に生まれる球団を助けねばならないと、安川は納品を快諾し、大阪から道具を仕入れて球団に渡した。

翌1950年（昭和25）1月15日——。カープが結成式を行った際、選手たちが初めて身につけたユニフォームやスパイクは、すべてヤスカワから納品されたものだった。しかし……カープは、選手に給料すら払えないほどの苦しい台所事情。最初の50万円は支払われたが、その後は、なしのつぶて……。二年間でカープに

３００万円分の道具を収めた頃には、店の経営は窮地に立たされ、ついには高利貸しにまで手を出した。

こうして１９５１年（昭和26）――。大正時代から続いたヤスカワは倒産し、経営者の安川ら家族は、広島の街を去ったのである。

「この商店街に、そんな過去が……」

愛未は声を震わせた。

一度も耳にしたことのない町史に静まり返る面々を見ながら、松島は告げた。

「その徳澤忠雄という球団関係者について調べてみたら、彼はその後、ヤスカワを倒産させたことを生涯にわたって悔やみながら、最後は東京で息を引き取ったと分かったんじゃ」

「東京……」

「ああ。多分、徳澤颯吾は、その忠雄の孫で、祖父の自責の念を聞きながら育ったんじゃないだろうか？　だから……おじいちゃんの罪を償《つぐな》い、恩返しをするために、週末になると東京からわざわざ広島に来て、ヤスカワがあった場所を探し求めたんだと思うんじゃ」

「この場所を、一から探し出したというんですか？」

杉内はパーマ頭を振り乱した。

「うん。じゃが、ワシら広島人でも当時のことを調べるのは難しい。それでも徳澤君は、ヤスカワがあった場所を突き止めようと、当時のカープ関係者を訪ね回ったんだと思う」

「それで、取材を重ねるうちに、あんなにカープに詳しくなったと……」

石垣は熱くカープ史を語っていた徳澤の姿を浮かべた。

「じゃろうね。そして彼は取材を重ね、かつてヤスカワがこの商店街にあったことを知った。それと同時に、現在の商店街も経営難……ヤスカワのように倒産寸前だということもね」

松島の話を聞きながら、愛未は、彼が突然ピジョン座の常連客になったこと、いけすかない東京弁であったこと、家族やおじいちゃんを大切にしろと言ったこと……、そして、商店街の人々の感情を逆撫でしながらも復興へと導いていった二年の歳月をゆっくりと想起させていた。

「でも、何で……何で徳澤君は、自分の素性を語ってくれんかったんじゃ。ワシは、ワシは、勝手に仲間じゃ思うとったのに……」

米川は既に大粒の涙を流して泣いていた。やがて、その嗚咽する肩を抱きながら、奥崎老は静かに口を開いた。

「ワシらは、店の扉さえ開ければお客さんが入ってくる。お客が来んのは時代のせいじゃと勝手に思うとる頑固者じゃった。もしも徳澤さんが、かつてこの商店街の店を倒産させた男の孫じゃと名乗ったら、あの頃のワシらには受け入れることができんかったじゃろう。徳澤さんは一番いい手段を選択し、たとえそれが憎まれ役であろうとも、何としてでも祖父の罪を償おうとした。それが徳澤颯吾さんという男の……本気じゃったんじゃないかのう」

ピジョン座のロビーに静寂なときが、ただただ流れていった。愛未は、微かに分かり始めていた。体を熱くさせながら、今までとは違う感情に……。

その翌日——。鼻をくすぐる穏やかな風の中、愛未の姿は、広島駅のホームにあった。徳澤が紡ぐ知らない広島史に熱くなっていた体は、もしかしたら彼への恋心なのかもしれない。だが、それはまだ分からない。彼の住んでいる場所くらい分からない。だけど行くのだ、東京へ。週末の二日間、彼が広島で探し続けたヤスカワのように。

「こんな所に……」

新幹線の乗車券にしがみつくように財布から出てきた古い紙幣。それはポップコーンのバケツに徳澤が投げ入れた、１００円札だった。

「これは『たる募金』に入れられていたお札だ……なんて言ってたなぁ」

それが本当なのかどうかも分からない。でももし、彼の祖父が、元カープの関係者だとしたら……市民が投げ入れたお札にアイロンをかけ「ありがたい」と呟いていたのは彼の祖父なのかもしれない……。あの阪神とのオープン戦で塁審を務めたのも……。球団事務所の備品を郵便局や銀行におすそ分けしてもらっていたのも……。

愛未は、徳澤が残したノートをめくりながら、そんな空想にふけった。


そして、何げなくめくった最後のページには、こんな文字があった。

長い冬を耐え忍んできた白鳥たちは、春に羽を広げ旅立つ。
大空へ飛び立った白鳥は、やがてＶ字型となり、
高く　強く　大空を駆けていく。

それは紛れもなく、勝利へと続くVなのであろう。

遠くで発車のベルが鳴った。春の訪れと、白鳥たちの旅立ちと、恋の行方と、小さな映画館と商店街がよみがえったという、小さな鯉の歴史を乗せて。車窓に流れ去る新鮮な広島の街を見ながら、愛未はなおも空想した。

「私が、真の三代目になったら、ピジョン座の名前もネーミングライツしちゃおうかなぁ。うーん、それか……広島カープの歴史をお手本にしてよみがえった映画館。『鯉のはなシアター』なんてのも……」

それもまだ分からない。きっとそれは未来へと続く、その後の〝鯉のはなし〟であった。

著 者
桝本壮志（ますもと・そうし）
広島県出身。放送作家として『天才!志村どうぶつ園』『ぐるぐるナインティナイン』『今夜くらべてみました』『得する人損する人』『今夜はナゾトレ』『所さんの学校では教えてくれないそこんトコロ』『Going!』『池上彰の学べるニュース』『笑っていいとも!』などを担当。名門・広島商業野球部出身、広島カープコラム歴12年の経歴を活かし『鯉のはなシアター』の構成・MCを務め、本作で小説デビュー。

鯉のはなシアター
平成29年5月19日　初版発行

著者	桝本壮志
企画協力	株式会社広島ホームテレビ ホームテレビ映像株式会社
発行人	田中朋博
編集	堀友良平　滝瀬恵子
装丁デザイン	桃林勝（MO²）
カバーイラスト	池田奈鳳子（絵描屋）
校閲	黒星恵美子　大田光悦　菊澤昇吾
編集協力	森田樹璃
販売	野川哲平　清水有希
印刷・製本	シナノパブリッシングプレス株式会社
発行	株式会社ザメディアジョンプレス 〒733-0011 広島県広島市西区横川町2-5-15 TEL：082-503-5051 ／ FAX：082-503-5052
発売	株式会社ザメディアジョン 〒733-0011 広島県広島市西区横川町2-5-15 TEL：082-503-5035 ／ FAX：082-503-5036

ISBN978-4-86250-491-3

※この物語は実話をもとに構成されたフィクションであり、実在の人物団体の表記を一部変更しております。